心路

无用先生随笔集

徐九庆 著

当代中国出版社
Contemporary China Publishing House

图书在版编目（CIP）数据

心路：无用先生随笔集 / 徐九庆著． -- 北京：当代中国出版社，2024．10． -- ISBN 978 - 7 - 5154 - 1415 - 7

Ⅰ．I267.1

中国国家版本馆 CIP 数据核字第 20240G4E08 号

出 版 人	王　茵
责任编辑	袁又文
责任校对	贾云华　康　莹
印刷监制	刘艳平
封面设计	李默涵
出版发行	当代中国出版社
地　　址	北京市地安门西大街旌勇里 8 号
网　　址	http：//www.ddzg.net
邮政编码	100009
编 辑 部	（010）66572264
市 场 部	（010）66572281　66572157
印　　刷	中国电影出版社印刷厂
开　　本	880 毫米×1230 毫米　1/32
印　　张	8.5 印张　1 插页　148 千字
版　　次	2024 年 10 月第 1 版
印　　次	2024 年 10 月第 1 次印刷
定　　价	48.00 元

版权所有，翻版必究；如有印装质量问题，请拨打（010）66572159 联系出版部调换。

目 录

代序：心安是归处 / 001

行走的体验

再见先生
　　——纪念丕光先生 / 003

写封信 / 009

行走的体验 / 014

五十 / 019

说说孤独 / 024

慢生活即自在 / 030

什么样的生活都是生活 / 034

生命不过是一段时光 / 039

重生 / 042

这个世界会好吗？ / 045

2020年的一点思考 / 050

何为人？ / 056

何以为人？ / 060

何以为家？ / 066

何为幸福？ / 070

人格成熟度 / 074

情绪的力量 / 082

死的精神 / 088

批判思维 / 095

人类的"他者" / 100

繁华与虚无 / 106

真理与真相，传统与现代 / 110

故事版本的思考 / 116

灵魂与软件 / 120

愚人与疯子 / 125

千年全球化 / 130

关于 ChatGPT / 135

确定性与不确定性 / 139

模型·偏见·工具 / 142

目 录

经济增长的再认识 / 146

悼念文庙、武庙 / 150

陶渊明们留下的 / 158

失落的诗国 / 168

霜降，冬天的前奏 / 171

读 书

为无用辩护 / 177

也谈读书 / 181

我们在爬哪座山？

——读戴维·布鲁克斯的《第二座山》/ 187

文字与文明

——读马丁·普克纳的《文字的力量》/ 191

关于宗教

——读李林的《宗教学 10 讲》/ 197

重新认识进化论

——读戴维·威尔逊的《生命视角：完成达尔文的革命》/ 204

深夜读书

  ——读翁贝托·艾柯的《丑的历史》/ 209

关系纠缠的边界意识

  ——读武志红的《自我的诞生》/ 213

旅途印象

洱海·初二 / 221

金沙江·初三 / 224

邛海·初五·八卦 / 227

大竹林·初九·放生·入侵 / 230

重阳遇见阆中 / 234

菲律宾印象 / 238

马来西亚的华人 / 243

英伦印象 / 248

金句 / 259

代序：心安是归处

在这大千世界，有的人以地位为食粮，有的人以财富为食粮，有的人以感情为食粮，有的人以信仰为食粮，……各有所求。特别是有了那么一点点地位、财产和学识以后，有些人就恐惧失去，就变得更加贪婪，和抽烟、喝酒一样。

两千年来佛教在东方大地上传播，虽然佛教并不是万能的，但佛教所说的觉知，对生命、人和事的觉知，让人有一种顿悟之感。"我思故我在。"在这个世界上，我们可以去怀疑任何道理、任何事物，去重新思考一切，只是那个怀疑本身是不用怀疑的。

这几十年，每个新年到来的时候，我都会去规划，并总结过去一年的得失。现在想来，那些规划和得失多是自以为是、以自我为中心的算计。在人类社会这个大系统里面，我不过是关系纠缠中的一个小小的能量单元，世界大概率不会因我而变，而我一直困在人类系统里，困住我的无非是大大小小的欲望和对生死的顿悟，可怜的那个小小的"我"。

佛教里讲的"无我相，无人相，无众生相，无寿者相"，其实很有用，无我便无"我执"。宗教是一个信仰，一种解读世界的方式。人依靠自我创造的系统解读这个世界，来认识这个世界，佛教就是其中的一个系统。

从生物学的角度讲，个人在人类历史进程中只不过是基因传递的一个片段，本身几无意义。可在某个历史空间里，我们又意义丰沛，圆融自洽。佛教是一种自圆其说的系统，于是就传了数千年。孔子讲："朝闻道，夕死可矣。"何为"道"？难道就是他老先生说的"仁义礼智信"吗？老子讲"道"，也不太明白晓畅，只好自个儿去理解了。

西方哲学，一大帮人，在那东说西说，慢慢形成一套理论，一会"上帝"，一会"理性"，一会又"上帝死了"，所有这些东西把世界搞复杂了。其好处就是让学生有东西可学，在西方社会建立了一个共同的价值信念，客观上为人类秩序的建立起到了一些作用。

如果有人问我，你以为的"道"呢？我只能回答不知道。如果非要回答，无非是大系统套着小系统，系统和系统之间的纠缠，单元和单元之间的纠缠，中间有个能量的聚合分离，带着时间和空间，以及由此传播的信息流动。

世事纷繁。心安，则天下安。好多东西并不是我们真的需要，只不过被欲望骗了。放下了，就心安了；心安，便放下了。害怕失去，特别是当你拥有的时候，其实那些东西都不是你的，只是以为是自己的。

我不想追求太多，我要到海边去，住下来，听听大海的声音，让阳光抚慰我的身体，让海风慰问我的灵魂。如果可以，当夜晚来临，再看看天上的星星，要是再有一杯红酒，那就再好不过了。

你们去忙吧，我只想休息，只想当一个无用的人。如果有人问无用先生在干嘛呢？我笑道：在休息呢。

（2019.12.31）

行走的体验

再见先生
——纪念丕光先生

今晨，知道先生走了，得知消息晚了，没能去送一程，内心拔凉拔凉的，很久没有这种感觉了。人过五十，每年都有亲人朋友到另一个世界去了，大都平静面对不受影响，但听闻先生走了，心里着实为之一震，一种在北国寒夜冻伤的透凉，一种真实的心灵触动。

我不算是先生最优秀的学生，初中读了四年，换了三个中学，初二降级来到尖山中学。由于先生和我父母是故交，刚到学校住在先生的家里。说是家，也就是二十平方米的单间，我和先生住在一张床上，一周后才住进了学生寝室（几十人的大教室改装而成）。

那时候的先生四十多岁，很是严肃，我小心也紧张地观察和相处。那是一张没有笑容的脸，让人不敢大声说话。先生是我的班主任和语文老师。有一次，讲到语文课本中一首小诗"花朵未开就遭到摧残"，先生眼里竟含着泪花，才知先生也是温和的。但是两年下来没见先生笑过,那是一幅被生活的苦难和艰难冻伤的面容。从母亲口里才知先生的家庭出身不好,被"改造"了好些年,那时才回到学校不久。下一辈人不明白其中的道理,那个时代人是看个人成分的,农民工人是领导阶级,地主资本家则是有罪的,是被统治阶级。他们的后人也是有原罪的,有罪家庭的孩子自然要被改造。

像所有农村中学一样,我们六点起床,周一早晨自然是校长讲话,其他时间是做广播体操,然后跑步。我们是沿着公路跑大约五公里,这段公路鲜有车行,特别是早晨。运动场也在公路边上,如果体育课中遇到一辆汽车经过,全体学生则目送它的到来和消失,满眼的稀奇。在公路上晨跑自然没有什么安全问题。先生每天早晨身穿褪色了的红色运动服,吹着口哨"一二一、一二一",跑完步才回到教室上自习课。

记得有一年下大雪,我们的任务是扫雪。一个十四岁的男孩自然是有些怕冷,干活又不认真,我不停地讲着"好冷好冷",大扫帚也拿不稳。先生走过来大喊道:"不许冷!"或许是安慰剂效应,或是对权威的尊重,霎时好像真不冷了,全身充满了力量和能量,竟超额完成了扫雪任务。

八十年代的农村中学,是流行打小报告的。我们的团委书记是个女生,长得比较丰满,不记得姓什么,还算漂亮,很受学校重视。总之是我们班的领导,对我们这种调皮的学

再见先生——纪念丕光先生

生有管教的责任。我们每次被举报后常常被先生叫去批评，最怕的事情就是周末留下来反思。那个时候我们是半个月才有周末，放假三天让学生回家，回家路近的十公里，远的要走三五十公里，所以回家是最开心的期望。有一次不记得又犯了什么错，被先生留了半天，内心充满了对这个漂亮团支书的"仇恨"。直到有一次早晨，见她从山上滚下来，才放下了报复的想法，心想恶有恶报。事情是这样的：尖山中学建在一座小山上，从教室到吃饭的地方，得从山上走很多步梯子到山下。因为要排队打饭，大家一听到铃声便拿着碗从教室冲下山去。由于人多，漂亮的团支书被挤到梯子边的排水沟里。她滚了二十多米，应该没受伤，只是一身衣服搞破了，一脸窘相，爬起来东张西望。男生们笑不停。也算老天帮忙报仇，这事也就过了。

先生也会带我们去看日出。学校在山上，教室外还有个小山峰。那是我第一次认真地看日出，太阳像是一个初生的婴儿，又像是一个金蛋，暖暖的。那个时代想到的是哪吒和神笔马良什么的，心想会不会有神仙或变成美味让我们大吃一顿，总之是不一样的感觉。太阳是那么可爱和友好，让整个天边透彻而清远。长大以后我依然保留着看日出的习惯，无论是泰山之巅，还是沙漠之中，无论是太平洋的邮轮上，还是南极的冰川之上，都不会放过看日出的机会。若是没有先生那次带我观赏日出，也许后来不会想到欣赏生活的这份美好。

渐渐地，我的学习成绩也上来了，在班上排第十名左右。在我和先生共度的两年日子里，也没见先生表扬过鼓励过谁，唯一记得的是讲穿草鞋和穿皮鞋的事："能考上中专的就能穿上皮鞋做国家干部，成绩不好的只能回乡修理地球当农民。"（那个时代是城乡二元制社会，进不了城留在农村就没有了前途）记得当时尖山中学的供电很紧张，全依靠当地一个小小田坝电厂，晚上九点就停止供电。于是每个学生都有一个带防风罩的煤油灯，我们叫作马灯。停电以后每个学生都打开油灯，课桌上放着厚厚的书。我就在这个时间练习考试试卷，一般每晚语数外共三套。想想今天的高考，几十年过去了也没什么进步，玩的也是题海战术。深夜一两点从山上的教室回到山下的寝室睡觉，早上六点再起来跑步。尖山中学的考试成绩就这样慢慢好起来了，后来在巫溪也小有名气。同班十多个同学后来都上了大学，这在八十年代的小县城也算是奇迹。只是也有些遗憾，科举之路，不曾改过。

尖山中学的生活是清苦的，八十年代的中国农村物质相当匮乏，我们的饮食里基本没有肉，更别说牛奶和水果。每天都是三两玉米饭和两分钱的菜，菜一般是土豆片或青菜汤，青菜汤里常有蝌蚪，也不干净。每月生活全部费用是七元

再见先生——纪念丕光先生

钱,偶尔用节约的五分钱去买个馒头,也得十来个同学分着吃。好在我每月从家里带些咸菜,咸菜是用油炒过的,还有些残留的肉末,所以比其他同学还富裕些。每逢过节吃白米饭,每人只有三两定额,有些聪明的同学打完一次后,又在后面排队,打饭队伍长到百米,沿着寝室外的走廊,热闹得很。等排到前面时,一碗饭早吃得干净,怕被打饭师傅发现,碗里一粒米都没有。我也前后排过三次队。

尖山中学的文化活动很少,还记得1984年新中国成立三十五周年的国庆节,先生组织我们观看阅兵仪式,其中有游行队伍打出"小平您好"的横幅。还清楚记得,学校也组织过看电视,放的是香港古装武打片,可见当时全国上下对武术的热爱,一部《少林寺》更是我最后一个儿童节的奖励。

两年很快就过去了,高中是回开县读的。再见先生已是十年之后,我已创办了自己的企业。1995年的冬天我回巫溪去见先生,那时尖山中学已修了公寓楼,先生住在五楼,我买了两条烟送给先生。开门见先生的状态不太好,穿得依然破旧,坐在煤火炉边烤火。先生这十年间明显老了很多,因为退休,也没了精神,见到我还是很开心。我们聊了半天,父母咋样,公司如何,是否结婚等。那个威严精神的老师不见了,已是一位慈爱的普通老者。

再见先生时,又是二十年后,在重庆,几个在重庆工作的学生请尖山中学的老师们小聚。各位老师的状态都很好，也挺健谈，先生还讲了些尖山碉堡的去留以及家谱和诗词歌赋。大家共同回忆起尖山中学的时光，很是开心也喝了很多酒。这是我第一次同先生一起正式吃饭喝酒，也是最后一次。1983年9月我刚到尖山中学，先生带我去吃过一次老师食堂，批评我走路总是低着头，像是一个犯人，没有精神。我听从意见，以后走路或照相总是仰着头，像个大人物似的。

  一个人遇见另一个人是一种缘分，一个学生遇到一位先生是一种幸运。先生是一座灯塔，一粒火种，照亮前行的路。父母走了，先生走了，我们也会走的。人类一代代生活在这个星球上，传承着，不问西东，岁月静好。

（2022.1.29）

写封信

最近在看电视剧《人世间》，心有怦然，提笔想写封信，却不知道写给谁。最近看到童年的老照片，半个世纪前的自己，稚嫩可爱。发呆之余又想到古希腊关于忒修斯之船那个故事，一条船破损了，船夫们不断地修复船板，直到所有的木板都换了一遍，请问还是那条船吗？人生也是一样，五十年啦，所有的细胞不知道换了多少次了，骨头也换了，面貌也换了，我还是我吗？我对着照片中的孩子讲：小朋友，你是我吗？如果说是，命运多舛，世态冷暖，我早已不是我了，这中间隔着五十年的光阴。我不是你吗？我们还有相同的名字，相同的基因，相同的父母。如果这封信是写给童年的自己，我该怎么讲呢？小朋友我给你讲个故事，故事是这样的……可以想象孩子那双好奇的眼睛，听天书般的神情，这个故事太长了吧？太复杂了吧？是真的吗？会是这样吗？时间这个东西真的可以改变一个人，改变得彻彻底底。可能我依然喜欢那个小孩，无论如何也找不到不喜欢的理由。可是问问那个孩子，你喜欢那位大叔吗，孩子会怎么回答呢？

如果我想写封信给孔子，我又会怎么写呢？先生你好！你觉得生命有意义吗？你的使命就是恢复周礼，你心目中的"仁"到底是什么？君子和小人的区别真的是《论语》中讲的那样吗？孔子又会如何回复呢？他讲的山东口音还是河南口音？写在竹片上的文字，我可认得？或许他说的，我根本听不懂，我说的，他也会好奇地打望。这个后生是从哪里跳出来的，怎么一点规矩都没有？

如果我写封信给五十岁的平行空间的我，那么我会说什么？另一个我又是什么样子呢？是教书匠吗？官员？老板？作家？是一位自娱自乐的乡村野夫，还是在商海挣扎的高管？或者什么都不是，只是一头野猪，或者一棵松树。我会说什么呢？老兄，你好吗？

不知道，这么两个人（物种）见面是什么情形，彼此自说自话一翻，会不会吵起来？这让我想到元宇宙，在元宇宙的我又是什么情形？从外形上看，可能根本认不出来，在元宇宙里我将怎么塑造我的卡通形象，佛陀？孙猴子？有六块腹肌的战神，还是《水浒传》中的吴用？在所有的外形之下，灵魂其实都是一样的，老鹰不会变成鸽子。只是元宇宙却可能是一片战争的土地，所有人对所有人作战，换成这样的原始社会,我会怎样选择?我还会跟别人去讲哲学、讲教育、讲使命,还是直接干仗,一边杀人一边喝酒,把抢来的女人和黄金分给下面的小弟,像海盗船长那样?如果是这样的自己,我会跟他说教,讲什么善有善报,仁义礼智信这一套吗?他会怎么回复我呢?

如果在这个世间有一个知己,我会给她(他)写什么呢?"见字如面……"我会把所有的骄傲和不如意讲出来吗?反正都是知己了,她会懂吧。或许只是两人坐在泰山之巅,瞭望远方,或许只是在海边漫步,望着蔚蓝的大海,海浪由远而近冲湿脚踝。可能真的不用语言了,语言是多么苍白无力!怎么才算知己呢?可以无条件地信任或懂得,无条件地慈悲和怜爱?可以分享苦难和喜悦,可以一起号啕大哭,一起放声歌唱,一起悲悯世事无常?可以点评滚滚历史中的人物?这世上真的有另外一个人,彻底懂你,心疼你吗?不带一点私欲和利益,还跟你一样的学识、经历,这样的人是万分之一还是千万分之一呢?

如果我想给已故去的父母写一封信:"我很想念你们!""你能收到我写的信吗?""灵魂真的存在吗?""天上的世界是不是无所不在的世界?""那里冷吗?""我活在这个世界不好不坏,一切都不用担心。""我在重庆很好的。"……其实就算活得不好,怎好意思跟爸妈去讲呢?有一种孝叫作

"让父母放心"。回想起儿时在母亲身边,那是一种怎样的依恋?全然的安全和归依!十二岁离家读书,这种感觉再也找不到了,孑孓一生,飘然旷野。

如果我想写封信给孩子:"船儿好,爸爸知道你长大了,这封信是一个男人写给另一个男人的,人这一生啦,要经历很多事,爸爸也是很久很久以后才想明白。""人这一生总得干点让自己不后悔的事。""爱情是两个人的修炼。""金钱只是一种工具,一种资源。""世界没有你想的那么好,也没有你想的那么坏。"……

给女儿可能会讲:"爸爸是爱你的,在外工作要多学习,多请教。""要注意身体,也要保护好自己。""有了喜欢的人,记得告诉爸爸一声。""开开心心,别只想到减肥,能吃就吃。""今天又认识新朋友了吗?""要学会分享。""别只学英文,把中文也要学好,记得自己是个中国人。"

如果我想写封信给三十年后的自己,那是怎样一种情形:"老头,这一生没什么后悔吧?""还能打麻将,看书吗?还能抽烟喝酒吗?""老哥们还在一起经常见面吧?""你那个时代会是什么状况呢?""不会在元宇宙把自己装成一个小青年吧?""还有喜欢的事做吧。"想想八十岁的自己,其实并不遥远,一万天而已,现在的我有一个理想,老了的时候,带着一帮人,在地球每一个美丽的国度都玩上一番,打牌、看书、散步、早晨看日出和晚上数星星,有一帮学生、司机、管家,还带着保健医生。但愿那时候还很健康,钱还没用完,世界也还太平。

如果我想写封信给身后的世界:"我希望世界会好起来,人类会彼此相爱,每个人都很幸福,去火星的时候,想想地球的好。希望少一些纷争,少一些冲突,我们都不容易,没必要打打杀杀的,真的没有意思,科技这东西好是好,别把人类带偏了。"

(2022.3.9)

行走的体验

儿时的行走,是被迫的。上小学要走两公里,上中学要走五公里。今天想起来,仍印象深刻。一个小胖男孩提着火笼,流着鼻涕,和几个小伙伴,走在寒冷的公路上,走出乡里那唯一的小街,走过庄稼地,然后拐三四个弯,离开公路是田间小道,在一座小山上,有几间白色的平房和一个土坝子,那便是尖山小学了。下课了几十个孩子拥在一起,互相取暖,推来推去,把女孩子推到墙边,小坏小坏的。上中学了,十天才能回一次家。有一次上课中途逃跑回家,美餐了一顿,第二天清晨又去学校。记得回学校时雪下得很大,四点钟已能感受到山体和道路的轮廓,沿着公路,脚下的雪发出扑哧扑哧的声音,偶遇一两个行人,并不觉得孤单。虽怕被老师处罚,但回家能见到母亲和吃到那碗肉丝面,一切都是值得的。那也是这一生唯一一次夜里走雪地,记忆深刻。

最孤独的行走是十二岁那年,那是1983年的五一假日。

行走的体验

带着期待,准备和二哥一起从县城车站坐汽车回尖山家里,买了把菜作为礼物后我身上仅有几毛钱,可以说两手空空。二哥带着我逃票上车,可惜被发现了,兄弟俩刚好只有一张票的钱。二哥上车后,隔着车窗问我要不要给家里人带话,我不知所措地把装着莴笋的口袋从车窗给他。高高的车窗阻碍了兄弟的情谊,被抛弃的感觉很不好受,第一次,那又如何呢?只有回到学校去,从县城走回大河学校,沿着大宁河,大约十公里。对面是巍巍的群山,山下是清清的河水,公路沿着山体线而行。没有眼泪,茫然地走着,渴望来一辆车,什么车都可以,然后幻想着有一位大叔会停下来,问:小朋友,要不要带你一趟?只是开过的车没有停下来的,一个人还得走下去,回到学校去。学校的生活是清苦的,吃的是玉米饭,开水也没有,只有自来水当汤。

最长的行走有两次,第一次是初一的暑期。那年,大嫂已有了身孕,还得去上班,他们从尖山坝回到茶山乡,要走一百里路。我跟着他们去玩,开始是走山路。巫溪的山,高大雄壮,登山三个小时并不觉得辛苦,反而十分好奇,平日小伙伴们只在周围的小山堆里玩耍,远处的大山还是第一次翻越。然后是下山的路,下山的路不好走,很是危险,据说摔死过人和羊,大约走了两个小时。到了山谷过一条河,河上面是绳桥,绳桥上的木板有些已经破坏了,桥还摇动得厉害,不过小孩子还是很兴奋,应该是第一次进游乐园的感觉吧。过了河就沿着公路走,又走了二十里地,走不动了,我开始后悔,没想到会这么辛苦,脚也不听指令。被大哥批评一番后,又往前走,天黑前来到龙台乡。三哥在乡供销社当营业员,在他那吃了晚饭,继续上路。又是上山,十里后终于来到茶山乡。从早上七点到晚上九点,终于完成了这次旅行,脚痛了一周,还有几处水疱。

再有一次是上高一了,从上磺走到尖山,一群同学都没有钱,走着回家,一百里路,并不觉得辛苦。回家的路,总是带着期盼。

时间一瞬过了四十年,五十岁的我在员工大会上决定带年轻人去走青海湖一百公里,目的是让大家锻炼好身体,充满斗志。吹牛是领导的基本素质,但这是一个既为难别人,又为难自己的事情。早已发胖的身体,还能不能如当年的模样?行动是最好的老师,当天就决定走起来,三公里、五公里、七公里、十公里、十五公里。信息学院在金龙山上,从山上到山下大约七公里,每次走下山都选不同的路,这也是本人的一个习惯,不爱走老路。

这次决定走山路,比起沿马路下山是不一样的体验,带着助理想走走当年的山路。三十年前,常带着女友或同学来登金龙山,记忆中的那条山路多少有些浪漫,然而人是物非,

行走的体验

山路完全变了。一路下山,只见增添了许多新坟,那是当地人到了另一个世界的见证。走着走着,便没有了路。鲁迅讲:"走的人多了,也便成了路。"反之亦然,路不被人走,就再也不是路了。野草和树枝,挡住了去处,我们在坟头间寻找下山的路,处处断头路,回过身来,然后又是山体防滑工程,阻挡了去处。这里满是建筑垃圾、坟岗和枯枝野草,脚也没有当年的秉性,心中生出一份悲凉,以为每一条路都可以自己走出来,实际上可走的路并不多。再次明白了生而自由,又无往不在枷锁之中的道理。昔日之美好,成了萋萋荒草,时光是回不去的,人生是一条单行道,单行道中还没有路可走,只得踉跄。

有坟的地方,应该有路,我们互相鼓励,眼前只有前行或回到起点重来,继续穿行在坟头,往山下走,没路的地方,只要没有危险,就想法穿过去,又过了很久,终于来到山下。道路的侧墙阻碍了前行的路,跳下去,跳下去,两米高也没什么了不起,刚好有个草堆。事后想到哲学家讲的纵身一跃的道理,没有路可走的时候,你只有赌上一把,因为你已经回不去了,只能把命运交给上帝。人生不需要太多的选择,选择了就不要后悔,何况大多时候你别无选择,只有走下去,跳下去,没有回头路可走。只要人生无悔,悲剧也罢,喜剧也罢,又能如何?

回到马路上,我们继续前行下半程,直到终点。

走路会让你慢下来,看看身边的风景,那是坐在轿车上看不到的。那些卖菜的乡亲们,穿着依然如上个世纪一样朴素;穿行在古老的街巷,依然是石板路和墙上的"牛皮癣",只是性病的广告少了,多了些装修、借钱的内容,楼道依然是破旧的;三十块的旅店,老板娘在给孩子复习功课——见证无数的人过着原来的生活。不去走路,你感受不到它的存在,我的生活离他们的世界有些远了。

该过怎样的人生呢?我不知道,世界如此之丰富,如此之无情,又如此之悲悯。面对大海,历经商海浮沉之后,哲学的灵魂再见芸芸众生之后,对己对人,慈悲之心依然。好好过完这一生吧,不问西东,不记功过,此心光明。

走一百公里,沿着青海湖,那只是对自我的一份要求,走完天下的路,成全能成全的人,善待众生,那是人生的交代。

(2023.3.1)

五 十

五十如斯

五十年之比五千年如一刹那。生在一个和平年代,生在国家和平和复兴时期,五十年,我经历了属于自己的小世界,也感受到人类的沧桑和变迁,无论是中华文明、印度文明、欧洲文明,还是伊斯兰文明,我有幸经历体会这些。人生如隔世,际遇无人知。浩浩如日月,反复如星辰,个人之命运与天下之时局,无不是因缘巧合。

我可能不属于这个时代,但我又不排挤这个时代。我只知道在所有时空中,我这一世刚好在这个坐标点上,那就好好活吧。个人得失成败皆不在话下。"法无我",我想到了佛教里的顿悟和涅槃,或许历史上那些高僧大佬们之修为也不过如此,世俗与出家无非形式而已。

人类之有趣之无趣莫不如此,有趣是当下之人信心满满,踌躇满志，继往开来；无趣之处无非生死轮回，千篇一律。

所有的成就、快乐、幸福、爱情，其实只是主观感受而已，明白太多，又似全不明白。明白之无趣，不明之有趣，不知哪个更好。当见人说人话，见鬼说鬼话之时，不知自我何在？如无我，又焉知有世界。

五十而知天命，不知何为天命，老夫子之境界，社会学而已。

科技之于人类，始于求而终于求。迷信何时只是宗教？宗教又只是迷信？

此生自在，夫复何求？眷念尘世烟火，笑看花开花落。去留随意，多些香车美酒，奔腾天下，畅快人生，也得俗世功名。

五十的自在

人走着走着便忘了内心的感受，三十年的创业与城市生活会把人变成一个机器，有一种习惯的力量推动着，向世俗的成功方向流动。屈服于生老病死的轮回，以为这就是生命的全部。直到某一天，我到了南极，一个没有国度，没有人类的地方，内心被震撼了！在一个没有信号，没有城市的地方，你会开始学着和自己相处；会想一些习以为常的行为背

五十

后的逻辑；想一些灵魂世界的东西。望着冰雪大地，望着大海上的冰川和天空飞翔的鸟儿，安静的，一个小时，两个小时，开始沉静下来。

回到世俗世界，一切又正常如初，但是内心总有一种声音存在，此岸，彼岸。我在无数个夜晚，坐在书房里，点燃一支香烟，喝上一口普洱，读着某个人的作品，穿梭在五千年的世界，聆听他们的悲欢离合，算计和挣扎着，岁月如此流逝。黎明时分，窗外的鸟鸣之声响起，灰白的天空从树枝的空洞中映照过来，才理会到一个夜晚的结束。

我是喜欢这个世界的，我清楚地知道，我喜欢酒后的飘动感，我喜欢掌声，也喜欢一笔交易的完成。我喜欢像个成功者一样去教育别人，我喜欢到任何一种文明里去游荡，我喜欢和小儿子一起泡温泉，我喜欢建造自己的乡间别墅。我感恩上苍赐给我的超过常人的世界。

自由是什么？在我的世界里是一个人的灵魂可以自在游荡，我想拥有不做什么的能力和去做向往事情的能力。如果我愿意，我可以像梭罗的《瓦尔登湖》一样，去探寻存在的根本意义，去观看蚂蚁之间的战争，去欣赏顽皮的松鼠、贪吃的老鼠、调皮捣蛋的潜鸟，去种庄稼。如果我愿意，我可以天天去给学生们讲课，去欣赏自己的表演，去观看一台台政治家的演出，我可以活在五千年的时空里去欣赏人类的苦难和悲鸣。如果我愿意，我可以通过书本和千百年来的思想大家聊聊哲学，批判他们的某些错误，我可以不为稿费去写作。此生自在，夫复何求？我甚至想好了自己的墓碑上的文字："来了，走了，拜拜！"我可以去恒河感受印度教的洗礼，去耶路撒冷看看犹太教的成人礼。

我喜欢这种穿梭感，狐朋狗友们喝完小酒吃完火锅后，回到书房同柏拉图在一起的感觉。

五十自在，可以自在饮食。最近血脂很高，开始吃素，原来吃素也是不错的选择，整天的饥饿感，可以更加平静地和身体交流。明白简朴的日子也是一种静的美感。一碗米饭，一盘青菜，一口开水，人需要的没有想象的那么多，很多年不明白印度苦行僧的生活状态，似乎一刻之间，便心中了了。

五十自在，可以和人好好说话。也许这个人什么身份都没有，也没什么学问，哪怕只是家里的阿姨或出租车司机，你会理会他们的快乐和悲伤。你可以和小青年小姑娘聊天，听听他们的爱情。你可以和农民聊天，听听他们今年的收获。你可以和企业家聊天，从他们发光的眼神，看到他们的欲火。你也可以听听某个达官贵人的沉浮。

五十自在，可以做自己的朋友，可以把自己狠狠地教育一顿，也可以安慰安慰自己的灵魂。可以一个人去钓鱼，去草地里，一边被阳光亲吻，一边呼呼入睡。你可以像看电影

五十

一样去回味童年，回味过往的朋友和恋人，去怀念去世的双亲。也可以去规划未来的时光，也许是十年、二十年，或者三十年，只要你不那么匆忙，你就会安静下来。

当春天到来的时候，一定是野花满地。如果你感受不到春天，为什么不去寻找呢？地球之上，总有一些地方是春意盎然的。只要你知道自己要做什么和不做什么，自在就在你身边。

我喜悦来到这个世界上，我喜悦那种生命的流动。

（2020.4.5）

说说孤独

你或许有很多朋友,但也许没有人能知道你在想什么,也没有人在乎你的想法,你是孤独的存在。孤独是什么?一个人来到这世界上,你知道你是独立的存在,你有些伤心,不管你拥有多少财富和什么地位,也不管你有多少学问,只要你敢于面对自己,夜深人静的时候,喝了几杯酒,坐在自己的书房里,那种孤独就会迎面而来。

几年前和一个朋友谈论到"孤独"这个话题,那时,朋友早已入了佛门。那是一个春天的下午,他讲,孤独是每个人在这世界上都要付出的代价。聊得不甚开心,彼此也互相珍重,也就绕开了这个话题。

也许孤独只是一种情绪,当一个人面对世界所有问题的时候,你没办法让神给你任何提示,没法拉着另一个人的手来讲,给我点爱吧,我很孤单。他人即地狱,别人是无论如何也理解不了你的,因为在别人看来,也许你什么都不缺,你只不过是有些自怜罢了。在大多数人看来，谈论"孤独"大概是很可笑而难以启齿的事情吧。

关于孤独，也许只有孤独者才知道是怎么一回事。许多年前，和很多朋友在一起喝酒唱歌，突然之间便觉得自己很孤单，其他人跟你没什么关系，我不喜欢这种情绪，但这种情绪却伴我左右。我没有信仰吗？不是。没有朋友吗？也不是。没有爱吗？也不是。但，我还是孤单。记得在南极的活动中，我和朋友分享自己的心得，我是这么讲的：原来知道自己是一个经济动物，后来知道自己是个社会动物，再后来知道自己是个动物。其他人不理解其中道理，这没关系，我知道自己是谁就行。我知道自己是孤独的。

天可怜见的，我只好这样安慰自己，孤独也许是一种品质。在这个世界上，你只有靠自己去理解这个世界，靠自己去生活，给自己一个活法，并好好活下去。你会好好活下去吗？你必须给自己一个答案。外在的世界不会给你答案，别人的人生经历不会给你答案，历史上那些先贤们也不会给你答案，你需要给自己一个答案，这很难，但是你得给自己一个答案。

你得告诉自己为什么活着，为谁而战斗，你想要什么，哪里是你的去处。你怎么跟自己相处，你所有的付出值不值得，你所有的爱恨情仇都是为什么，对的，你得给自己一个答案！一个确定的答案，你得是你自己的编剧，你不能让命运把你变成一个演员，你得坚定地告诉自己，我就是这样一个人。所有的苦难都不能改变你，你就是这样的存在！那些伤害过你的，只会让你更加强大。你需要说服自己，也许生命中你有很多妥协，也许这个世界没有人明白你为什么这样做！

你得给自己一个确定的评判。很多时候你可能做不到，你有很多委屈，这个世界对你有很多不公平，你会认为你的选择是不值的，你也不相信有什么神灵会给你安慰和启示。你是孤独的，但是不管怎样，你必须是确定的，只有从灵魂深处确定自己，你才活得下去，你才会有喜悦。

作为一个现代人最不容易的是有个确定的东西，因为外部世界变化太快到处都是不确定，你很容易被外部世界影响。比如生命的意义，你很可能不经意就会怀疑，原来那些你确定的东西。我们是社会动物，我们太容易受外部世界的影响，如果你不是一个坚定的人，如果你经不起岁月的风霜雪雨，或者说你经不起孤独，你便会放弃。放弃是件很容易的事，平心而论，坚守自己的信念比放弃要容易得多，但放弃了就放弃了，放弃了，你只能在这个世界上漂泊，你不再有灵魂，也不再有什么美好，你真的只能随遇而安，你会看不起自己，你也无能为力。我们每个人都有这样的时光，那是黑暗的时

说说孤独

光,你不知道为什么活着,你不知道生命的意义。你也可以不去想它,如果你做得到。你也许可以活得很安逸,你可以天天去喝酒,去打牌,去卡拉 OK,去当你的官,可是在某一天某个时刻,或者是你生命的最后时刻,你面对自己的时候,你孤独的时候,你就过不去那道坎了。你会想着你曾经的青春和爱情,你的激情岁月,你所有的过往。

你总得给生命一个定义,好也罢,坏也罢,爱也罢,恨也罢。你的价值和意义,也许没有发现或实现的那一天,也许你有其他办法说服自己,但是我不能,我没有办法让自己就这样平凡地死去,我得给自己一个说法,我得知道生命的意义。

对的,你得给自己一个确定的东西,也许是一个"自欺欺人"的东西,但是你得给自己一个确定。孔子五十而知天命,他知道他的天命是什么,我们也需要知道。

我们可以不管这个世界是怎么样的,我得知道自己是谁,从哪里来,到哪里去。年轻的时候认为这些都不是问题,可是今天不行,我没办法不给自己一个交代,不管你是哪个版本的人生,我相信在一生中,总有某个时刻,你会问自己这些问题。

孤独是什么?大多时候就是这种特殊的时刻,就是面对自己的时刻,问自己问题的时刻,你要么选择逃避,要么自我可怜，要么有勇气面对自己，你必须有所选择，放弃哪些东西，坚守哪些东西，你不可能什么都想要，那样你会什么都得不到。取舍是人生的课题，进退是人生的课题，你不能没有选择，不选择，也是一种选择，那就是放弃自己。当然，你有这个权利，你是你自己的主人，你也许可以活得很好。最怕的是，一方面你不敢选择，另一方面你又不甘心，你还想活得明白，那是不可能的事。你得为自己负责，你得为自己的行为负责，你得为自己的过往负责，你得为自己的生命负责。

生命是一条奔腾的河流。世界上最伟大的人物，都会卡在命运的某个时刻，在那个黑暗的时刻，他们非常孤独和无助。如果他们选择了光明，他们便走向光明，如果他们卡在那里，他们便选择了黑暗。我知道太多这样的故事，太多的伟人选择了自杀来结束自己的生命，其实他们可以好好地活着，只是他们没法从黑暗中走出来，他们不知道要去哪里，他们累了，便选择了结束生命。

孤独并不都是坏事，它只是开启了某个时间窗口，一个自己面对自己的时刻，这个时刻什么时候到来，只有自己知道。你可能真的没办法从别人那里得到答案，你是你自己的问题，你是你自己的责任，没有谁会对你负责。你唯一能做的，就是去面对它，而不是逃避，你得有这个勇气，你得给自己一个答案,你得确定地相信一些真理,并一生按照这些真理的法则去生活。你要明白,在这个世界上哪些东西是你可以控制的,而哪些东西是你无法控制的。把上帝的给上帝,把恺撒的给恺撒。

希望,在这个非常的时期,给那些夜不能寐的同道中人点燃一点点生命之光。我们没法改变这个世界,但我们可以坚守自己并拥抱这个世界。

（2020.2.18）

慢生活即自在

岁月匆匆，五十有余。年少时家境贫寒，只想着逆天改命，偶有小成，却被责任捆绑，无时不为不能安身立命而忧愁，恐有懈怠之态，加倍强迫自己精进，学业也罢，事业也罢，偶有惰心，便惴惴不安。直到疫情到来，待在家里，昼夜颠倒，才有许多时间用于自省。

人世间的事，别人和书本告诉你的道理，总没有自己悟出的明白，慢生活便是其中一件。每个人有每个人的生活，坚持久了，有某种确定的价值。过不一样的生活，并不是一件容易的事。吃惯了川菜的人吃牛排，一顿两顿新鲜，一月两月难受。每每在国外停留时间较长，便贪念重庆的火锅，性情使然，无可厚非。

慢生活，于我是一个异端——所有的时间都可以精确到小时、分钟，无须怀疑这便是生命的全部。疫情之中，才发现慢有慢的妙处。

慢生活即自在

慢符合道，符合中国的中庸，是对自己的慈悲。有人讲：少年学儒，中年学道，老年学佛。过去不以为然，现在想来，颇有几分道理。对人来讲，总该有几分享受，或物质，或精神，或家庭，或朋友。想想那些小狗、小猫，吃饱之后，在坝上睡觉，享受阳光，伸个懒腰，无比自在，好不快活。

慢生活其实是一种心境，是一种放下的境界，放下自己平庸的外衣，自得其乐，只管耕耘，不计收获。只在乎内心的感受，不计较社会的评判，不计较物质丰富与困乏，只求内心的平静、安宁。有如老子讲的水的精神——一种去掉外衣的本我，陶渊明也不一定做到了，否则便没有《桃花源记》，屈原做不到，李白做不到，杜甫做不到，或许只有东坡先生和王阳明做到了。对待生命的从容，谈何容易，看惯花开花落、阴晴圆缺、王朝更迭，而不自悲自怜，或者真可入圣去凡，近乎道矣。

慢生活，不只是自修，也用于观人。大千世界，万物众生，或精明，或愚钝，或贪欲，或礼法，或自命不凡，你都能包容、喜欢，无愤恨之心，无分别之心，无贵贱之心，无好恶之心，只是明白世间规则。守规则却不拘束于规则，知生死而不怕生死，重情义而不束缚于情义，可君子可小人，知法则亦知变通，通达而明事理，不为万事挂心，近乎道矣。

魏晋之时，嵇康之辈，"萧萧肃肃，爽朗清举"，临刑东市，神气不变，奏《广陵散》。曲终曰："《广陵散》于今绝矣。"不知嵇康之表现是真从容，还是作名士态？此举成为千年谈资，士大夫谓之气节。可惜今日，已无嵇康这般气节之人，奴性重重，既无高洁之名，更无高洁之实。

外圆内方，中国人的做人法则。并非心无方圆，只是严以律己，宽以待人，这和自在的生活境界还有些距离。真正的自在，是通体的通透，知可为不可为，知聚散之理，融于自然万物，适于大千世界，无嗔无为。那是一种喜悦之心，而非短时之欢乐，轰轰烈烈也心甘情愿，平平淡淡也无怨无悔！

慢生活，需要品味人生。而品味并不是生来就有的能力，需要熏陶。比如吃饭，如果不是商务宴请，在家一般吃不上五分钟，那是从学生时代养成的毛病。如今，每一口饭菜，我都会刻意在口腔中感受大米的芬芳和食材的鲜美。那是一种不一样的享受，你会从心里感受到大自然的馈赠，你会感受生而为人的自豪。偶尔也会去吃一顿法式大餐，花上整整三个小时。去高档餐厅，偶尔也会换件正装感受仪式带来的庄重感。

慢生活需要学会几样"浪费"时间的事，如钓鱼、下棋、登山、赏雪、听曲、练书法、看话剧、听音乐会、发呆，你需要"浪费"些时间在这些事情之上，而且你并无内疚之感，这只是填补你完整生命中的一些空缺。想想明清的老茶馆，巴黎的咖啡馆，宋代的"青楼梦好"，真是别有一番洞天。

人活得太现实，或许并不是什么好事，效率好像和幸福并没有太大的关系。留住青春的方式并不是努力奔跑，那样只会离坟墓更近，而是慢下来、慢下来，欣赏路途的风景，你不过是此刻、此生、此在。

慢生活是一种信仰，你得学会放下。放下那些你曾经拥有的和失去的，放下那些恩怨情仇，放下得失之心、荣辱之心。随遇而安，并非躺平，而是一种超然的佛学智慧。所有的修为无非是心静、心安、自在。"庐山烟雨浙江潮，未至千般恨不消。到得还来别无事，庐山烟雨浙江潮。"（苏东坡）繁花过后，看到生命的脉络，冲动杂念，最后不过如此。一切非风幡在动，我心妄动。

一路走来，融入自然，装得起自己，承载得住江山，享受得起人生，此生足矣！

（2022.11.21）

什么样的生活都是生活

又是一年感恩节,草草地发了几个感恩的微信,然后是习惯性的安排:吃饭、娱乐、回家看书。半夜醒来,想起了陀思妥耶夫斯基的这句话:"什么样的生活都是生活。"那是在他从死刑改判流放,到西伯利亚监禁了十年后,给他哥哥米哈伊尔的信里的话。沉默的大多数人,可能都是这么想的。这里面有些许的无可奈何,也有某种力量和光,不这样又能怎样呢?日子总是要过下去的,日子过下去,你还可以有很多选择,可以一边骂娘一边过,可以认命地过,还可以找到一点点安慰自己的事去做。当然也可以像《千面英雄》那样去过,乌台诗案的苏东坡,还不是从愤懑、惶恐、困窘中走出来的?

昨天看到一句话:"读书人有个偏见:总以为这个世界是讲理的。"很是受用。其实生活不需要想这么多,明白"什么样的生活都是生活"就行了,已经这样了,还能咋的?你只

什么样的生活都是生活

需要问自己：眼前这种情况，我能干点什么？让日子好一点，搞点好吃的也行，喝点好酒也行，看点书也行，规划一下未来的打算也行，和孩子去玩玩也行。你得为自己、为家庭、为自己心中的那点小目标，谋划谋划。别总受儒家的骗，天下太大了，天下的事跟你也没几毛钱关系。就算有关系，又能咋的？有人去伤脑筋的。现实已经这样了，能够活下去，独善其身，让自己的组织不破产，已经是功德无量了。还能咋的？什么样的生活不是生活。

想想人这一生，最需要感恩的除父母之外，就该是命运了。早几十年、晚几十年，可能就不是这么好运了。自己努力可能有些作用，可以说"三分靠努力，七分靠命运"。中国人的命运观是"天时、地利和人和"，看天吃饭。生在三国乱世，你就别想宋朝汴京的歌舞升平了。这辈子大多时候是好日子，这就很知足了。知足常乐，惜福真的是一种态度。

余生还长，也许很短，谁也不知道。想做的事很多，能不能做成，有没有足够的时间做成，谁也不知道。只管耕耘，不计收获，可能是唯一的选择。在命运面前，你别无选择。认识到这个道理，可能会活得更真实，也更清晰，更接地气。知道自己想要什么，也知道好多好多的条件和环境不许可，知其不可为而为，总好过什么都不干，更好过那些自以为是的人物。

活了五十年，才知道生活就是很苦、很艰难的。这种苦，可能是外在的，也可能是心灵的；可能是物质上的，也可能是精神上的。年轻时创业苦，但是眼睛里有光；今天锦衣玉食，被包裹的灵魂，受累于精神的挣扎，受累于责任，受累于身体的疲惫，受累于无家园来安放，受累于对明天的担心。

还是年轻时候好，简单、轻松。人的身上东西装多了，无论财富、知识、智慧，就难免受其拖累，就像一台电脑，软件装多了，就跑不快了。凡事都得去考量计较，不只为自己，也为跟随你的一群人，以及他们背后的家庭。

成熟有成熟的好处，你可以装得像个成功人士的样子，收获无数的掌声，不管是真心还是起哄；你可以自以为是和好为人师，没有人反驳你，哪怕你什么也不懂，也可以夸夸其谈，有些人是很享受这种感觉的。对待掌声，我也曾经有过享受，只是安静下来，明白这不过是一场表演，证明我们和他们的区别。没有几个人是真心感恩的，也没有几个人是心甘情愿地给他人掌声和鲜花的。你得明白这只是一场表演，五分钟的掌声中，大多数人想的是"我有什么好处"。如果能察觉到这些只是表面的功夫，你得放过自己，也放过别人。马云被称为"马爸爸"的时候和被指责的时候，不过都是别人情绪的表达，不要只享受掌声而受不起批评。

什么样的生活都是生活，每个人都得真实地活。自己去

什么样的生活都是生活

活，不要活在云端，不要活在灰暗的角落——云端的生活很容易把人摔死，地下室的生活却是见不着光的。阳光、空气和生命都是公平的，也是珍贵的。世界上最珍贵的东西几乎都是免费的，也是无价的，正如爱情。爱一个人，跟物质没有关系，跟能力有关，那些以外貌和条件为前提的爱，只不过是交换。爱不是交换，只是一种情愫，对美貌的追求也不是爱，只是一种本能。

什么样的生活都是生活，不管是精彩还是平庸。一生之中大多数都是平庸的、平淡的，你没办法把它从生命中扣除。生命不是一张年表、简单几格就可以填写满的，某篇的文字背后的某一天、某一刻，每一个欢笑和眼泪，才是生活。历史也不是史书中那样几句评语、一个谥号。地球上一共生活过一千亿人，对他们而言，都生活在当代之中，不管有没有被后人记住，他们都是真实地活，他们的基因，皆存在于今天后人的身上。

什么样的生活都是生活，你得自己去生活，而不需要去评判别人的生活。这里没有标准答案，这里也没有考试，生而为人，没有什么对不对得起，应该不应该。遇到艰难时光，你只能选择战斗或者逃跑，不管怎样，你还得有点自嘲之心和享受当下的情怀。阳光、美酒、清晨、黑夜、寒冬、酷暑，像动物一样活着，活在家里，活在田野间，活在舍得之中，活在清醒和糊涂的缝隙里。

什么样的生活都是生活，给自己一些选择的权利，总有些权利只属于你自己，比如睡觉、做梦。

（2022.11.25）

生命不过是一段时光

又是一年平安夜,从年初到年末不过五十周,算算自己来到这个世界也不过五十个春秋。第一次过平安夜是三十年前,我和几个同学偷偷从学校跑了出来,到一个教堂去见见世面。只见一大帮教众手捧着点燃的蜡烛,在唱圣歌。场面有些让人感动,可惜那个时候没有相机。如果能记录下来,多少有些往事如梦,青春万岁的感觉。

年轻时候,爱写点东西。那时觉得能当作家是很神圣很高光的事。后来经商、挣钱、办学、游历世界,早已忘了初衷。只到十年前才又想起要写点东西,想记录岁月和一些思想,很多东西不记录下来转眼就不在了,思想和文字是可以互相印证和促进的。

最近脑海里跳出一句话:生命不过是一段时光而已。所以国人常用岁月来代替生命,准确来讲:生命不过是一段时光的情绪和感受。在网上经常转发别人文章的人,目的也不过是借以表达一下自己的情绪和主张，但始终没有自己写下来的深刻。那毕竟是别人的文章，有时候还可能被带着往前走，来不及深刻体会自己的心境和感受。自己写东西最大的好处是可以安放自己的灵魂，人活在世界上大多需要安放自己，比如某个阶层、某个社区、某种关系、某种情愫、某种立场、某种信仰和主义、某种标签。

写下来的东西，如果被一些人看见，或许能找到某些同类。不管外表上我们是何等相似，在心灵深处我们都是孤单的。你身边的人可以是伴侣，可以是哥们，可以是领导或下属，你依然是孤单的。萨特讲："他人即地狱。"没这么严重，你只是很孤单，孤单是唯美的自怜。孤单是不过得那么潦草。你不会轻易地没心没肺地生活，你需要一个波段，在时光之中，有一个频道，是属于你的，是属于你们这一小群人的。这个频道可以是来自远古的声音，也可以来自外太空，在这个频道里你是自由的、是安宁的，不需要言语、不需要解释。

生命不过是一段时光，在阳光亲吻的冬日，你可以慢慢品味。你不要幻想抓住它，它就在那里。山坡的野草，枯了又绿，绿了又黄。你只要融入进去躺在上面闭上眼睛，深深地吸上一口气，它就在那里，不远不近。品味生活需要放缓你的脚步，点燃你的藏香，看着烟雾从炉口飘出，一丝丝进入你的身体。

生命不过是一段时光

生命不过是一段时光,你得和自己和解,和身体和解。不经意间,你会发现白发、肌肉酸痛、面色苍黄,镜子中的你早已不是当年的风华。你得解释这一切,这一切都是一份礼物,是时光留给你的礼物,让你不再幼稚,让你像大山一样厚重而丰满,深刻而沧桑。

生命不过是一段时光,你得放下所有的尘世负担,不管是指挥千军万马的权力、富可敌国的财富,还是爱恨情仇。同无限的存在、永恒的岁月相比这些都是复杂的东西。

我们空空地来,空空地走,干净而又纯粹,短暂,像一颗流星。我们终将回到大自然中去,带着满满的尘土,复杂和深沉,收获和歉意。这没什么了不起的,不过是一个故事的始末。故事只有开端会很单薄,让人感动的是全过程的精彩,高潮总是在结尾的篇章。悲剧的美,是一部交响乐。你只需要追随着它的节奏,听从它的召唤,伴着音乐起舞,在某个时刻停留。

站在南非好望角的山巅,望着蔚蓝而狂啸的大海,装扮以华服,对酒当歌,等着某个时刻来临。夫复何求?

(2023.1.7)

重　生

八年前,站在南美洲的最南端乌斯怀亚港,望着茫茫的大海和天空中飞翔的海燕,以及停靠的海轮,那里是世界的尽头,又是新世界的开端,那里的大洋沿着整个地球流动,大洋的对岸是冰雪覆盖的南极大陆。

三年前的2020年,知乎让我为这一年写一个词,我用了"重生"这个词。一个人只有几十年的生命,遭遇风险时,我们只能用以往仅有的经验来面对。让人疑惑的是,我们有那么多历史学家,但我们从历史中学到的却很少。

有的人有轮回观念,认为一切都可以重来,就像打麻将,一局输了还有下一局,冬天来了,便是春天,这便有了希望。希望对人类来讲有非常重大的意义,未来可期,会让人有一种喜悦,喜悦中产生一种坚定。西方文明却是相反,总认为有一个大的开端和结束,结束还要被审判,要么天堂,要么地狱,实在是不那么友善。

重 生

重生是一个哲学话题，相信重生便相信来世，死亡便不过如此。中国人的生命观是和我们的先人、我们的后辈联系在一起的，这便像是基因生命，我们的生命因为基因而薪火相传，每一代人又另有自己的作为。所谓"一命二运三风水，四积功德五读书"，命是基因，运是努力，风水是客观环境，德是道德伦理，读书是后天的学习，全然是一个大综合。这个大综合是对复杂系统的中国解读，五个变量、五个要素，成则不骄，败则不悔，只管耕耘，不讲收获。

中国传统文化中"忠恕"是一个非常重要的概念。忠是一种做事的风格，"为人谋而不忠乎"，是敬业之心、谦卑之心、忠诚之心；恕是待人之道，宽恕之心、包容之心、和谐之心。严以律己，宽以待人。这需要强大的内心，平和的心态，无分别之心，无贵贱之心，无得失之心，从安宁中求得救赎，从片刻中达到永生。

重生是一种生活指南，重生是让你有反思的态度，整理你的过往，改正你的过失，放下你的包袱——无论是有形的债务还是无形的情绪，一切都可以重新开始。过去的都可以放下，一切只不过是从头再来，即使过去很好，好的可以更好，成绩只属于过去；失去的可以重新创造，不带着伤痛迎接新年，不带着悔恨、抱怨生活。要谦卑地生活，因为得到的也可以失去，失去的也可以得到。从容立于天地之间，有浩然正气，不卑不亢，深知天地不仁，但你我都要敬天爱人。

重生是一种信仰，在信仰的力量下，每个人都在成长。信仰需要去践行，生命的成长之路，便是在信仰中去寻找，坚定地求索，不为外在所动，繁华与衰败，都不会动摇你，生老病死都不过是春去夏来，秋收冬藏。超越世俗的一切过往，心有光明；活在世俗之中，生儿育女，酒色财气。也无须品头论足，人间烟火，也是有滋有味。

重生是一个标签，是一种力量，是天地万物之间的感应，是灵魂的净化。人之有灵，万物便有灵；人之有情，万物便亦有情，如春风拂面，如细雨入田，如此便见佛心，便见真心，便见平常心。心为万物之初、万物之终。我即天下，即苍生，即江海，即春秋，即枯荣，即能量，即天地之一切。

望你我都得重生，如涅槃之临世，如江水之入大海，如人类之入星辰，不管风吹浪打，皆得圆满。

（2022.12.31）

这个世界会好吗?

梁漱溟有本书叫《这个世界会好吗?——梁漱溟晚年口述》,最先看到这本书时,我还不以为然。人类无非是两种力量的较量——作为人的利己本能和推己及人的能力。道德无非是不损人还要慈悲,就是助人。这中间有一个平衡态就是中庸,而国家的作用便是守护秩序、制定规则,这好像是没什么可以怀疑的,现代社会本应如此吧,也便没有深思。

三十八岁的王阳明也提出了同样的问题:这世界会好吗?1509年,王阳明为庐陵县令,当时发生了一场特别严重的瘟疫,他看到因为恐惧而引发的人间失格。为了防疫,很多人对亲人弃之不顾,大量的百姓因困在家里而被生生饿死。王阳明很痛心,在孔孟的华夏,为什么很多人都成了恶人?王阳明写下《告谕庐陵父老子弟》,他讲,瘟疫并不可怕,可怕的是人心,一旦你们的心被恐惧侵袭,就会做出丧尽天良之事。很多人并不是死于瘟疫,而是死于无情,能拯救我们的只有三个字：致良知。良知就是不要用自己那一丁点权力去为难别人，不要伤害那些可怜的、无辜的人。知是行之始，行是知之成。

两千年前，荀子的人性论《性恶篇》讲："人之性恶，其善者伪也。今人之性，生而有好利焉，顺是，故争夺生而辞让亡焉。生而有疾恶焉，顺是，故残贼生而忠信亡焉。"在任何一个变化的时代，人性的恶都会表现得很明显。

汉娜·阿伦特在《艾希曼在耶路撒冷》中讲了一个平庸之恶的故事：屠杀犹太人执行"最后方案"的主要负责人阿道夫·艾希曼，1961年被最终判处绞刑（他在德国战败后潜逃阿根廷）。但他头上没有长角，也不像想象中的恶魔，完全不像一个恶贯满盈的刽子手，就那么彬彬有礼地坐在审判席上。整个庭审过程中，他表现得非常安静。他说，"我是在做我的工作。"押送犹太人到集中营，他是勤恳奉公，完成工作，无可指摘。他甚至宣称他的一生都是依据康德的道德律令而活，他所有行动都来自康德对于责任的界定。他反复强调"自己是齿轮系统中的一环，只是起到了转动的作用罢了"，作为军人，他只是在服从和执行上级的命令。

只是，他怎么可以无视这个事实——他押送的，是无数条将要无辜死于种族屠杀的生命？他怎么可以无视，他视为"只是一份工作"的工作，有如此深远的道德破坏力？道德的反面不是不道德，而是漠视道德。阿伦特写道："从我们的道德准则来看，这种正常比把所有的残酷行为放在一起，还要使我们毛骨悚然。"在这里，她把罪犯和"平庸"联系起来，说"艾希曼既不阴险奸诈，也不凶横。恐怕除了对自己的晋升非常热心外，没有其他任何动机。他并不愚蠢，却完全没有思想——这绝不等同于愚蠢，却是他成为那个时代最大的罪犯之一的因素，这就是平庸……这种脱离现实而无思想，即可发挥潜伏在人类中的所有恶和本能，并表现出其巨大的能量。"

"平庸的恶，可能毁掉整个世界。"重建道德的前提，是社会中每个个体，能够反抗道德崩溃时代"平庸之恶"的引诱，不放弃思考，不逃避判断，心有敬畏，承担起应有的道德责任。很多时候，道德底线比法律底线更有意义，没有道德底线的个体的"平庸之恶"能毁掉整个社会。

罪恶并不可怕，可怕的是人们已经对罪恶习以为常。整个过程的节点足够多，以至于每个参与其中的人都认识不到自己在作恶。这固然是体制问题，但更是文化的黑暗、道德的堕落、信仰的缺位。

阿伦特讲："即使在黑暗的时代中，我们也有权去期待一种启明……闪烁又经常很微弱的光亮。这些光亮源于某些男人和女人，源于他们的生命和作品，他们在几乎所有情况下都点燃着,并把光散射到他们的尘世所拥有的生命所及的全部范围。"

这个世界会好吗?几十年的和平后,俄乌冲突、中美博弈,在去全球化的历史浪潮中,又一次考验人性的时候到了。这不是第一次,也不是最后一次在考验表现为国家意志的人性。为了加速战争结束,1945年2月13日,英国皇家空军针对平民与伤员为主要人口的德国东部城市德累斯顿,发动了大规模的空袭行动,这座象征着德国巴洛克建筑之最的城市被彻底摧毁,超过二十五万人死亡。1945年8月6日,那颗叫"小男孩"的原子弹,在广岛上空引爆,几秒钟以内,近乎八万人失去生命,后来还有无数因核辐射伤害而在痛苦中死去的平民。美国政府大量隐瞒,直到一年后,才被记者赫西报道出来,引发全世界的关注。

这个世界会好吗?某些国家会不会给其他国家用理性的精神留出一个和平的生存空间?这可能很难。人类文明在一次次摧毁中重建,可是在未来的博弈中,被摧毁之后能否再次重建?我不知道。

人类悲剧可能是不可更改的基因的设定,一切的美好可能只是昙花一现。作为个人,活在其中别无选择。但愿某一天,世界会大同,再无纷争;或者回到史前文明,小打小闹,与动物无异。人类绝不是地球生态最后一个物种,或许老鼠都比我们人类活得更长,还有细菌和病毒,它们会延续地球生命的火种。

(2022.11.29)

2020年的一点思考

又是一个二十年了，还有好些事情没有去做，一些事情可能永远也不会去做了，而另一些事情又是必须去做的，否则此生此世没法跟自己交代。人生是一个自己为自己编写的故事，在故事的结尾，我们可以是悲怆的，也可以是完美的，可以是一个人流浪在天地间，也可以是死在亲人的怀里，我们可以假装变得伟大，也可以很佛性……人生不只是跟真相有关，更在于你对真相的理解。

人要活得像一条清澈的小溪，活得喜悦，这并不是一件容易的事。也许要一次次和现实世界冲突，然后一次次和解，这并不是一个理想的世界，当然也没有想象的那么差。它就在那里，不为你增一点，也不为你减一点。你能做的就是一个选择，是逃跑回避，还是接受和战斗，你不需要知道结局，你只需要决定，并不去后悔，因为那是你的誓言，你自己的决定。那是一个确定的东西，当你确定的时候，不需要知道赚或是赔，你不会去计算得失，因为那不是一个生意，你不是一件物品。

你是一个灵魂的存在，你只需要一种确定，那样你就会勇敢，结果不重要，在乎结果只说明你在权衡，你在做交易，一个做交易的人是不会活得明白的。

当然这个确定不要向外去求，外面的世界只会告诉你功名利禄，比如金钱、房子、地位等。这些东西，是我们所需要的，但不是最重要的，当你停留在这些东西上的时候，只能说明你还在向外求，你并不相信你自己，你需要这些证明你。对，这些会让你像个成功人士，越多显得越成功。可现实是你难以得到更多，资源是有限的，世界不为你而运转。这时，你便会有一种失败感，你会觉得是世界对不起你，你值得拥有更多。你变得孤单，迷失了自己，你失去了灵魂。你失去了自己，你就不再去爱自己，你爱的只是一个包装，或者说一个包装里的自己，那是一个假象。

活明白不只是和世界和解，也不只是和自己和解，和解有点像一种妥协，其实你是不满意的，只是你没有办法改变，那只是一种退而求其次的办法，你还是为此不满。你不会全然接受这种现实，你的不满会藏在你的心里，藏在你的文字里，你觉得这是世界的问题，你只是一个受害者，你不会有喜悦，在你的人生故事里，你把自己编写成一个悲剧人物，在命运面前，你有一种深深的无力感。对，你觉得无能为力，只好这样。

你没活明白，这只是一个故事的一个版本，你被固化了，你成为不了你自己，你没有你自己，自然你就没有这个世界。但是如果你愿意，你是可以选择的，没有什么是注定的，至少对世界的看法你可以选择，不要为下雨而悲伤、为天晴而开心，下雨天晴都不是为你而设定的场景，只是恰好你在那里。你只是个跑龙套的，对，你连一个配角都算不上，没有人会记得你在这个世界上来过，你的故事不管多么精彩，都会被遗忘，你只是自己觉得自己很重要，最多还有你的朋友。你没那么重要！

重要的是你要如何过完这一生，过好这一生，这是实实在在的，你体会得到的。对！你的体会是最重要的，你是你自己的主人，你是你自己的编剧。你可以为自己的喜悦而活，你可以选择，这是你少有的权力，你可以选择喜悦也可以选择悲悯，你不要去管外面的世界，那个世界你是管不了的，你能做的只是给自己一个说法。

如果你给自己有个选择，给自己有个说法，你就了不起了，你就是人世间的"高人"，你就达到了"佛"的境界。死亡并不可怕，所有的生命都会死的，你会很开心等到这一天的到来，"知天命"以后的东西，长短又有什么关系呢？你不会在乎是死在医院，还是战场，是死在田野，还是城市，那都一样，你是在喜悦中走完一生的，你只是睡着了而已，你会怕睡觉吗？你不会怕。你怕是因为你还没想明白，你怕，只是因为舍不得那些包装，可再好的包装只是包装，虽然很华美，终究是包装，那些都不是你。

关于爱情其实也只是一个选择，首先你要选择相信它，它真的存在。你也许只是一个科学主义者，认为爱情只是交配的副产品，那是因为你选择了不相信。如果你选择了相信，你还需要有一个誓言，你对爱情有一个誓言，像骑士的誓言一样，那是心灵最美好的存在，那是不需要回报的，如果你想要回报，那就不是爱情，那只是一个交易。交易不是爱情，爱情是无论贫困还是富贵，好或是坏，健康或疾病，你都在那里。爱是一种能力，没有爱人的能力，你是不可能也不配拥有爱情的，那是世界上最美好的情感，是一种与天地万物一体的感觉，是你值得用一生守护的感觉。你必须是一个理想主义者，这中间可能有痛苦，有失望，但你需要坚信，你需要守护，因为那是你的选择，你自己对自己立下的誓言，你必须接受现实中的不完美。因为誓言是完美的，你要从不完美中去看到完美，只有这样你才配拥有爱情。所以，在爱一个人以前，你要尽可能去找到那个人，那个接近你理想爱人的那个存在，只有这样，在现实生活中，你会少一些绝望，你也不会那么辛苦。如果你没找到，你可以依然拥有爱情，那只属于你自己的情感。你怎么会没有自己的情感呢？这并不叫作自欺欺人，只是因为你相信，你坚守。这种情感就是真实的爱情，就是真实，这不是科学，而只是你自己的课题。

有人把爱情分为三个内涵——亲密关系、激情和承诺，你可能只有其中一两条，这是不够的，在你的内心深处，三样要素都要有，否则就是不完美的。如果一种要素都没有，还是离开吧，因为爱情不是生活的必需品，它只属于少数人，少数人的情感。如果你没准备好，你就别贪心了。没有爱情你也可以好好地活着。

2020年，其实只是一个纪年的方式，我们可以叫作鼠年什么的，你可以觉得自己活了两千年，也可以觉得自己才二十岁，只要你愿意，你依然可以把自己当成一个孩子。你不需要那么多身份，身份这东西都不属于你，身份只是一个描述你的东西，是社会强加给你的东西，你是自由的，你可以选择要还是不要这些身份。你也可以有不做什么的自由，如果你愿意，你也有想做什么的自由，你是自由的，最少你的灵魂是自由的。你可以像百灵鸟一样歌唱，也可以像猪一样的活着，这是你的选择，你没必要在乎社会给你的界定，那些叫作"身份"的东西，你也不必在乎你真实的年龄，你可以活得像只有十岁或者五十岁。你的心里怎么想，就怎么活,其实没有谁真的那么在意你,只是你以为别人在乎你,在这世界上最在乎你的是你自己,你是可以选择的,你只要调试一下你的大脑认知回路,没什么不可以的,你可以成为你自己。

2020年,生命只不过是重新开启的计算机,你可以重新安装你的软件,至于硬件,何必在乎呢?

(2020.1.30)

何为人？

大体来说，人可以分为生物意义的人、社会文化系统中的人、能量系统中的人。而人自身又是一个复杂的系统，在复杂的地球生命系统中，整个人类是以一个"原子"单元的形态体现的，而在人类网络系统，单独的个人也以"原子"形态出现，今天要讨论的话题是：人，作为一个系统是怎样运作的？

人是一个系统，是一个复杂的网络系统。过去我们常常把我们的身体比喻成计算机的硬件，而把我们的意识比喻成软件，这种比喻有很大的问题。首先人作为一个系统是不可分的，没办法像组装一件机器一样去组装一个人，当然你也没办法用解剖学的方法去分割一个人。由一个受精卵发育成的婴儿，由无数细胞按照某种事先设计方式分裂而成，在母亲的养育之下，受文化教育成长，最后成人。人是长出来的，不是制造出来的，这其中有基因的功劳，也有能量的功劳。

我们知道每一个过程是什么样子,我们却不知为什么是这个样子。

如果承认人是一个系统,我们才有思考下去的力量。甚至人不只是一个系统,更是一个活的系统,一个有时间周期的系统。我们从动植物那里吸收能量,保障运作,我们通过睡眠保障系统的恢复和保养。

同时,我们每一个单独的人,又嵌入到人类社会之中。由于演化的原因,我们没办法单独生存,八十亿人正形成一个巨大的网络,我们的高度分工把每个人变成了一个细胞。离开人类社会分工,我们就无法生存(至少会退回到动物式的生存方式中去)。

回到个人系统本身,古人有"身、心、灵"的说法,心理学家、哲学家构建无数理论来解释"人"这个系统,来理解它。但到今天为止,我们对人的系统到底是如何运行的,仍知之甚少,或者可以说人的系统是一个认知黑箱。

有人认为"意识"是人的主人,大脑是总司令部,可是司令部并没有长官。我们所谓的理性、道德、知识,只是社会系统强加给我们的,只是关系纠缠的结果,是社会分工和秩序的需要。也可以理解为个人系统像一个生长出来的容器,这个容器自身在生长,同时装满了来自外部世界的东西(比如语言、文字、宗教、经济、政治等),这个容器装进的东西很大部分融入了容器的生长过程中,这中间有生能量和死能量。(生能量是一种积极的能量,死能量是一种消极的能量)如果我们能理解关系纠缠和能量流动,就能很好理解人是怎样成为现在这个样子的。

  回到人的系统本身,用弗洛伊德的"本我、自我、超我",荣格的"集体无意识"理论来理解,人作为一个有生命的系统,自然有一个自保系统。生理层面,皮肤就是我们的保护层,免疫系统就是我们的警报系统。心理层面,我们自然也会生长出自我保护层,在保护层后面的是伤痛层,最后是真我,这种机制主要是由社会网络中竞争关系造成的。在社会网络中,每个人在关系中生存,关系必然会带来伤害。心理学家认为"我"是过去一切经验的总和,这是从关系的角度来理解的,自从人类文明发明了"我""你""他",我们才能够更加精准研究人类族群"我"这个生命系统,与"你"上帝万物系统与"他"人类其他对象的生命系统之间到底是一种怎样的连接。便产生了心理学科、社会学科以及生物学科等分类。

  首先要承认"我"是长出来的,除了基因图纸之外,长出来是靠能量的吸收。在成长过程中心理学家认为:幼儿的时候,我们是全能自恋状态,同母亲产生依恋,再同外部世界产生链接。一个人的内心有着整个家族的投影,而一个家族的故事，又像是整个社会共同体的投影。成长就是一个不断发起自恋而最终又放下自恋的过程。

随着年龄的长大，"我"发现自己不能独立存在世界之中，必须融入人类社会网络这个事实，便产生了各种各样的处理方式，由于保护自我的需要，便形成了各种人格特质。

人际关系的复杂缠绕，锁住了一个个的个体。特别是东方社会，人与人的边界是难以区分的，"清官难断家务事"就指在东方家庭中的这种纠缠，我的事就是你的事，你的事就是我的事，这样就形成了一种模糊逻辑，我们等于我，你们等于你。

何以为人，真不是一篇短文说得清楚的，几千年来哲学家们都在证明这个话题，但谁也没有说服谁。我们是一个个独立的存在，又是一个大的社会网络系统中的节点。也许大家说的并不是一回事，有机会需要再慢慢去深挖、去沟通。

这篇文章是唯一一篇让我写不下去的主题，也许真的太难写……

（2020.4.21）

何以为人？

你是谁？从哪里来？到哪里去？提这些问题，我过去总觉得很愚昧。"猪也这么问"，我常常这么回答。进化论对我们影响真的太大了，完全听不见其他声音。随着年龄渐长，才明白这或许是一个无解之课题。

在地球所有生命中，只有人是一个特殊的存在。从逻辑的角度看，唯一的东西，只有以下几种可能：（1）运气实在太好了，（2）进化的确定性，（3）有一个上帝按照自己的样子制造出来。这三种可能都很难去说服我，人类演化从来没有确定的目标，所谓的运气那也不是靠得住的事，上帝吧，就更说不清楚。

根据我的认识，人是一个系统，由许多细胞、细菌组成，人类社会是更大的一个系统，地球则是一个更大的系统，是系统的关系纠缠，博弈后的结果。只是解释不通人的特殊性，宇宙大爆炸和人的出现根本找不到必然联系。

何以为人？

列维-施特劳斯讲，人创造了自己，就像人创造了家畜的种类一样，唯一的区别在于前者的过程（创造自己的过程）没有这么自觉和主动，这种观念我是认可的。人类本质上讲有一个二重性，动物本能的人，社会属性的人。人类是人类文明的产物，人类创造出文明以来，就自觉地选择被文明重新塑造，发现火的用处可能只是一个开端。一旦符号创造出来，人类就发现原来概念是那么有用。于是，上帝（神）诞生了，货币诞生了，法律、国家、善、恶、哲学等都发明出来。本质上讲，是秩序和分工带来了竞争力。人类的社会系统在自我塑造中形成，而正因为如此，人类以系统的力量发展成为地球上唯一的智慧生命。卢梭讲：人生而自由，又处在枷锁中，这个枷锁就是文明的枷锁。人的痛苦也多了一层，作为动物本能的人和作为社会属性的人的矛盾。"本我"和"超我"开始在矛盾中演化，为了解决这个秩序上的难题，古代的人类，找到一种"中和"的办法，人的动物属性受控于人的精神属性，也就是人的社会性。在上帝（神灵）之下，在天理之下，敬畏之心完成了心灵秩序的统合。文明进入近代，"上帝死了"之后，这种秩序被打破了，动物本能在文艺复兴的旗帜下，重新成为人的主角，而动物属性带来的后果则是人与人的争斗。"他人即地狱"，在文明进入现代之后，虽然也出现各种思潮和主义，但人类社会秩序始终充满了矛盾性，没有共识的现代社会始终在分裂、痛苦、困惑中挣扎。有人想回到以信仰为目标的世界，大多数只在乎以金钱为目标的社会。

哲学家福柯讲：疯狂或精神失常不是自然现象，而是文明现象，并且总是存在于某些文明之中。他的观点虽然偏激，但也有几分道理。哲学家德里达讲：（哲学）解构主义的趋势就是把我们曾经接受的一切都加以质疑。耶律亚德讲：（现在人类有）对存在本身的乡愁。列维纳斯讲：真正可怕的不是纯粹的虚无，而是无休止地存在悲剧。

这些哲学家其实都阐述了一个基本的事实：我们没有一个可以确定的世界，没有一个确定的价值观和人生观。我们失去了归属，我们失去了精神家园，我们失去了作为人类的心灵秩序。当生命失去意义，内心不得平静，生活在混沌中，又渴望脱离混沌，这正是现代人的困局。

当现代人无法解决这个根本问题的时候，就采取了一种回避的态度，把所有的注意力引向科学。只要不断地发明新的东西、新的词汇，拼命往前奔跑，让物质的满足来代替精神的困乏，仿佛根本没有"生命意义"这个问题，甚至用人工智能、元宇宙这些新奇的事物来隐藏对"生命"这个话题的讨论，逃离人作为存在本身的命题的思考。人的世界应该是身、心、灵的完美结合，而现代人某种程度上只是欲望的化身，加速度的动物世界似的竞争，结局只会是曲终人散。这样，我们解放的只不过是人类的动物性，那个魔鬼一样的欲望，从囚笼中放了出来。现在主要的防线是法律，而法律只是人类的底线。在国与国的竞争中，人们只相信利益，这是一个囚徒困境，世界秩序将在博弈的环境下变得难以控制，我们对人类的未来并不乐观。

何以为人，退到科学立场来看，把自己作为认知理解的对象，的确有很大的难度，主要是没有对比的物种作为参考，哲学上的价值意义系统都是一种自我设定。随着文明的演化，历史的博弈，人类看待自己的视角或许是一个幸存者偏差，从而忽略了演化的多样性的可能，从证据来看只能算是一个孤证，是无数的偶然状态的随机行为之一。

幸好人类创造了人工智能，可以在一定程度上作为对照组研究，当然今天的人工智能还没发展出自我意识的部分，但长期来看，会有这么一天的到来，我们可以先把人工智能看成一个物种，一种硅基生命，而人类则可以理解为碳基生命。

一个物种诞生以后，在求生存的意志的前提内，必然会参与物种之间的博弈竞争，直到找到一种共生的状态、一种纳什均衡状态。控制权之争可能必然会出现，一种智慧物种，不可能听命于另一种智慧物种，即使是人类创造了它，它也不会像其他物种一样听命于人的指令，而某些大公司的野心也会助长这种行为的发生。事实上，在西方一些国家公司和政府的权力争夺一直都存在，只是因为力量不够而没能打破某种平衡格局，破坏世界秩序的可能不是来自国家与国家之间的竞争，而是某些大公司，这些大公司和背后的金融以及科技力量，力图控制资源的重新分配。

人工智能诞生后，可以想象它们不会思考生命的意义、存在、形而上学这些哲学话题，它们只会在乎控制和反控制，也就是权力结构下的秩序。

从这个意义上讲，还是我们人类比较可爱，只有人类发展出了文明，特别是宗教、哲学和艺术，只有人类才会思考生命的意义，虽然这些思考好像本质上毫无"实用价值"，而这也进一步证明了人类的独特性。

一方面，人类努力去了解宇宙的真相，并保持人类内部的竞争。另一方面，人类也在享受自己创造文明的过程，把这种过程通过艺术的方式深刻融入体验之中，并给每一个个体生命充分的认可和尊重，赋予个体生命主动自由和被动自由的权力。

何以为人？

在宇宙视野里，可能人类在小小的地球上经历的这些历史，是一种碳基智慧生物度过的一段最美的时光。

（2022.4.17）

何以为家？

最近去了趟山西和陕西，看淡了些盛衰荣辱。算是跟随梁思成的步伐，拜祭晋祠，不过所思并非一样，梁思成思念的是古建筑的美学与工程，我寻的却是人类演化的步伐。

三千年的老柏树，见证了周秦汉唐的王朝变迁；战国时代一般从三家分晋讲起，是新兴地主阶级登上历史舞台的标志；一路走来，又看了平遥古城，一个中国商业文化的化石；王家大院，一个传统家族的活标本；看陕西历史博物馆时，深深体会到各民族在这块大地上纠缠、博弈、融合的过程。可能每一代人都不知道自己在怎样影响着历史，但作为整体的人还是真真切切地随着历史演化到了今天。

人类相对地球生命来讲，是一个年轻的物种，又是一个极为特殊与剧烈变化的物种。一路繁衍下来，人类文明已发生翻天覆地的变化，且正以加速度演进，未来两百年，人类的文明会发展到什么程度，是难以预见的。

何以为家？

认真地欣赏完王家大院的雕刻和建筑，我幻想还原那个卖豆腐的王石及其后人一步一步构建财富和地位的梦想大厦，而后又毫无悬念地破败和灭亡的过程。我想当王石及其后人知道王家大院被后世子孙以九百两白银卖给了田家，多少有些悲凉吧，人世间的无情，也是没办法的事。站在王家大院的城墙上，想着儒家文明的衰落，又何尝不是一种悲凉？想到这十几年来努力为传统文化所做的一些事情，感叹自己又何尝不是一个堂吉诃德？这世上有很多好东西，"丢"了似乎就再也找不到了，最后的贵族、最后的国学大师……想想崖山之下，那数万跳海的人，大海并不会给予任何回应，一切都像是没有发生过，有如千百年后你我的生命！想想几百年前的中国华尔街——平遥，现在谁还在乎呢？想想兵败麦城被杀的关羽，现在谁又会在乎呢？回到所谓的现代社会，可能真的找不到可以在乎的东西了。我们都匆忙地活着又匆忙地死去，我们似乎已没有故事、没有感动、没有轮回、没有祖先，更没有了信仰。其实，我们还是在追寻着，在构建我们在乎的一切吧。

好多年来，一直想找到家园、找到故乡、找到一个精神的归依之所。每每想到那首《故乡的云》，"归来时你已满怀疲惫，归来吧浪迹天涯的游子"，都深含眼泪，可是真的想想，故乡在哪里呢？哪里也不是故乡了。故乡是可以托付精神和身体的地方，故乡是安全的、熟悉的，有如母亲的怀抱。想想当年的王家大院，出游多年王家人回到那里，是多么的安心！想想祠堂、祖坟、家谱、灵位，又是多么的安身！没有任何一个组织会给我这种感觉了。我们都生活在城市，那是一个陌生的名利场——没有联结的地方，难以产生共鸣的地方，我们像蚂蚁一样活着，谁也不在乎谁的生死，谁在乎呢？谁还会为你哭泣，不管多少人参加你的婚礼和葬礼，那只是一种形式，所有人都是陌生人，都没什么关系，除非有些好处。人与人怎么就成这样了，这真的就是我们标榜的现代文明吗？

想到当年那个"奉旨填词"的柳永，死后无人崇拜，还是青楼的姐妹们每每到坟前上香。那个袁世凯的小儿子袁克文，民国四公子之一，生得富贵，死得落魄，是成千难得深情的青楼女子和青帮为他送行，可以说终不寂寞。寂寞本身并不可惜，没有同路人的寂寞才是真寂寞。为自己写一篇墓志铭吧，也许另一个寂寞的人会为你点上一支香，给自己的生命编织一个故事吧，只有在故事中你才活得出丰满。想想嵇康他们真好，生下来就可以不去干活，也可以不去做官，喝喝酒，画点画，搞点音乐，难得的有一群人聚在一起，写点文章，还名垂青史。如有这样的日子少活几年又当如何呢？想想李白甚好，千金散尽还复来，天天有酒喝，哥们成群，皇帝也不生气，高力士为之穿鞋，杨贵妃为之磨墨。游山玩水，成仙成道，尽性地活着，而不是尽力地活着。人跟人、命跟命就如此地不同。

生而为人，对不起，对不起老天爷让你我来这世间一趟，对不起自己如此的辛劳，一个小小的心愿就得谋划许久，一个小小的得失，便要计较良多。生而为人，我们真的对不起自己，哪怕好好爱自己几年，或者几天，我们心灵的铁索锁得好惨。世间哪有那么多得失，哪有那么多取舍，想爱就爱吧，想恨就恨吧，只是这也许是一刻的冲动，我们已动弹不得。

在梦中，我骑着一匹骏马，在拼命的逃跑，在城市的小巷中，与看不清、数不清的对手玩着智力游戏，最后跳进海里，躲在船的最底层，那里暂时是安全的，只是空间很窄小，忽然有些光，然后点燃了一支烟，在微光中看见另一个逃离者，然后醒了。

（2022.8.19）

何为幸福？

中学时，课本里评价阿Q是中国人劣根性的代表。现在想来，怎么可以这么简单地评价阿Q呢？我们的鲁迅先生又何曾站在道德制高点上去说东说西了？

关于幸福的话题，每个人都有自己的解读，甚至还成了一门学问，叫"积极心理学"。其实一个人过得幸不幸福，只是一种对生活的看法。佛教的所谓"修行"，不过就是改变一种看法，看法没有对错，也不关乎真理、理性什么，只是涉及有用、没用，也就是你的情绪和欲望。叔本华讲："人只有欲望没有满足的痛苦和欲望满足后的无聊。"把人作为一种动物来讲，叔本华有他的道理，但作为一个有信仰的人来说，这种看法就有些低俗和偏执。

情绪这东西，喜怒哀乐悲恐思，本来很简单，一旦融入社会这个大系统就变得复杂起来。所谓"人比人，气死人"，所谓"权力是春药"，所谓"原生家庭和童年经历"，如此等等，慢慢塑造了一个人的人格。人格不过是一个习惯，一个长期看待世界的习惯，本质讲还是一个看法的问题，自己和家庭的关系，自己和社会组织的关系，自己和自己的关系。

关于幸福，塞利格曼是这么定义的："长期的幸福，等于幸福的范围加上生活条件，加上内在体验。""幸福的范围"就是你的特质，比如敏不敏感这些，由基因影响；"生活条件"，比如财富、婚姻状况、社交生活、年龄、健康状况、受教育程度这些因素。大多数人认为和幸福最相关的东西，在心理学看来其影响力不到一成，影响力最大的是看法，比如对待财富的看法、对待过去的看法，也就是一个幸福的人要有点阿Q精神。"精神胜利法"不见得是什么"劣根性"，而是幸福的秘诀。

关于幸福，人们在不断付出努力，更多的财富、更高的地位……，但是最后发现幸福感却始终在原先的水平上来回波动，终点又回到起点，这就是心理学上的"恒温仪效应"，所谓快乐总是很短暂。

小时候，常听母亲讲一句话："求官不到，秀才在。"真是名言。老一代是早就学会了积极心理学，得到了当然好，得不到也无所谓，积极去争取，结果如何那是另一回事，即所谓只管耕耘，不计收获。看透世界真相后，依然热爱生活。人生矛盾往往是太在乎过去的东西，或者是太在乎未来的东西，而忘了当下，其实只有当下才是限量版。认识到这一点也是最难的。

幸福不幸福，决定于你怎么看。过去的就过去吧，不幸的童年那又如何呢？得到更多的财富、权力当然更好，失去了又如何呢？美好的爱情和亲密关系当然更好，失去了又如何呢？日子照样过，太阳照样升起。学习阿Q精神，过了自己这一关，就是大智慧，别人怎么看你，那是别人的事，自己怎么看自己才是最重要的，才显大智慧。

这个世界没有绝对真相，只有解释，没有什么统一的幸福指数，只有自己对生活的态度。

心流的概念是米哈里·契克森米哈赖提出来的。他看到过印第安牧羊人，打坐的韩国老太太，日本街头的飙车党，最后发现世界上最幸福的事，就是从事自己喜爱的职业。受访人说到最幸福的感受："我感觉有一股洪流在带领着我。"于是米哈里·契克森米哈赖提炼了一个心理学概念：心流。

我的心流体验主要是看书和写作，有的人是挑战一项任务或者去下一盘棋。这种体验相信大多数人都有，当你关注某一件事情时，这个世界仿佛都从你身边消失。它可以帮助你暂时忘掉生活中的烦恼，你在这一刻有一种掌控感，上瘾的赌徒也能体会到心流，他们对自己的手气有一种盲目的自信。

心流还有一种忘我状态，你感受不到自己和世界之间的边界，几个小时仿佛缩短成几分钟，几分钟又好像几个小时。

我记忆最深的是写一部小说，十万字，十天时间，一口气写完。还有一次就是半个月看了十本书，整个住在了书房，心里暖流涌现，全神贯注，不知白天黑夜。

我的哲学很简单：设计一个终极目标，过好每一天，外面的世界就当成调制的鸡尾酒，多一分，少一分，中庸度之，不忿不悲。世界太过复杂，天地不只是为你我而生，也为天下万物，接受不了的慢慢接受，法律道德也罢，制度也罢，人性也罢，本来如此。改变你能改变的，接受你本该接受的。如你的心量太小，能打击你的只不过是你的幼稚和单纯。

如此，你或许可以多一份幸福，少一份痛苦，喝一场酒，唱一夜歌，打一场牌，充一回电，仿佛之间过完此生。

亲自去生，亲自去死，亲自去体验，够好。愿你我都能离苦得乐。

（2023.3.19）

人格成熟度

昨夜入梦,梦见教授布置一项作业给我,要我五天内完成,题目便是《关系维度的人格成熟度》,醒来后甚觉有趣,试着去完成。

人格在拉丁文中是面具的意思,我们生活在社会之中带着的面具,就是关系维度的人与人的本质(这里并没有任何贬义的意思)。人类社会系统是一个复杂系统,更是一个关系系统,没有人生活在与他人的关系纠缠之外。

一个人从孩童到成年,自觉不自觉地从父母、学校、组织中完成人与人关系的界定,但大多数人并没有完成人格的成长与成熟。"穷人的孩子早当家",穷人的孩子在成长过程经历太多苦难的洗礼,对世界的认知会更为深刻。在富裕的时代,人格的成熟是一件不容易的事,幼稚有时候反而体现出一种可爱性,但站在哲学和心理学的维度来看,成熟关乎一个人的成长和修为,关乎对世界本质的理解,值得去讨论去研究。

家庭（亲密关系）维度的人格成熟

如果说，人类社会是一个大的复杂系统，那么家庭也可以理解为一个小的关系系统，本质上讲，家庭的好坏，取决于家庭成员的关系的好坏，取决于财富、地位的分配和对对方感情的期待。

一个杀人放火的人可能对母亲甚为孝顺，一个成功的企业家，也可能与家庭成员关系紧张，这也证明了人格的多面性。人格的塑造来源于他的人生经历、对世界的认知与形成的习惯。

在传统的儒家文化教育下，家庭关系是最为核心的关系，也应该是最为亲密的关系，即使从动物本能的要求，夫妻与家庭也应该保持在安全和互助的维度。现在所面临的问题是个性解放，在以自我为中心的文化思潮影响下，婚姻制度正在走向崩溃，大多数人把家庭关系和社会关系混为一谈，失去了传统的信赖和依恋。缺乏爱的家庭到处都是，这样家庭成长出来的孩子，必然是病态和多疑的。这与传统文化受到批判有关，也和经济大变革有关。有些家庭，为了生活父母远走他乡，打工挣钱，留守儿童无法同父母建立爱的联系；而有的家庭关系过于紧密，祖辈父母对子女过多关注，造就了许多"熊孩子"，这些"熊孩子"长大以后以自我为中心，无视他人的感受。传统家庭中还有一种情况，就是过多的关系依赖，没有边界之分，造成对财产和情感的过分索取，以及对成员选择权的控制。

家庭维度的人格成熟，需回到传统中来，父父子子，父亲有父亲的责任，父亲有父亲的样子，儿子有儿子的责任和样子，所谓父慈子孝。子女成熟一定要有成人仪式，世界各民族都有此类仪式，完成从家庭人到社会人的转变，和谐中有尊卑秩序。

夫妻结合，不是仅要所谓的爱情，爱情只是一种个人情愫，受影视作品的影响，追求完美恋人的风气只会伤害家庭成员的关系。成功的婚姻来自双方为家庭而做的努力和对配偶的宽容以及对自我责任的担当。一个没有责任感的人，难以成就好的夫妻关系，一个以自我为中心的人，也无法成全别人，包容是幸福的源泉。一个人只有通过现实规范才能实现理想人格。

一个成熟人格在家族维度，体现为一种和谐精神。

社会维度的人格成熟

人类是群居动物，社会维度体现人在社会网络中的关系，人与所在组织和社群关系的和谐程度，也体现在与"他者"

的交往方式和认知度。

所有组织系统体现为一种秩序法则。对规则的遵守是每个社会人人格成熟的基本要求,法律是所有人的底线,在此之上的族群习俗、服装、语言表达、游戏规则都是对一个社会人的一般要求,"仁义礼智信"就是中国传统社会的行为准则。所谓的人生自由,是在社会规则下的自由,从来不存在所谓的绝对自由,即使你是一位父亲、传统家庭成员中的王者,你也不能不受约束。约束人的动物本能,适应社会系统的法则是你必须完成的作业。

"他者"是我之外的社会人,"我"与"他者"是两个完全不同的生命个体。心理学把人的特质分为十多种类型,如果加上不同文化的差异,人的特质的具体表现类型就可能更多。不要以自己的行为方式去要求别人,三观不同是非常正常的事情,求同存异、互相尊重的观念,是社会人格成熟的基本要求。人以群分、物以类聚是一种自然现象。社会复杂度还体现在每个人的动机完全不同。在一个陌生人世界和一个熟人世界也有不同的处理法则。传统文明中讲的"害人之心不可有,防人之心不可无",有可借鉴之处。快速了解认识一个人是一个成熟社会人的基本要求。"以德报德,以直报怨",远离有人格问题的"他者",还要明白一个道理,人性是经不起检验的。让自己不要成为一个社会关系中的受害者,还要明白社会的阶层差异，不要试图通过违反规则去满足自己的私欲，也不要把别人当成傻子。

"他者"既不是地狱，也不是家人。

中国社会还有一个"面子"和"里子"的问题。本质上讲，"面子"是一个人的荣誉和尊严，也是一个人拥有多少资源的表现。作为一个社会人，资源交换是基本的法则，世界上没有无缘无故的爱，也没有无缘无故的恨，学会感恩、学会寻找生命中的"贵人"是社会人格成熟的标志。

自我维度的人格成熟

自我是人类独有的认知概念，但并不是每一个现代人都有自我的意识。在西方传统的哲学框架中，自我包含身、心、灵几个部分。"身"可以理解为身体和欲望，作为动物本能的部分，而心和灵可以理解为世界观和价值观。生命是否有意义在哲学上也是一个有争议的话题，现代哲学趋向于生命的虚无，虚无本身带来对人之所以为人的否定。如果生命毫无意义，那人类文明和社会国家都将毫无意义，这种观念带来的将是永远的黑暗。既然人是地球生命的一个特殊存在，那么我选择相信生命的价值，这是一个信仰命题，不是一个科学命题，我对世界充满了感恩和悲悯，对每天的阳光、每一片森林和大海都充满了喜悦。只有相信,你才会有一个支点,支撑你全部的生命历程,直到你离开世界的那一天,你的灵魂(能量)才会重回大自然系统;只有相信,你才不会孤单与无助。

在这个维度上,我们来理解命运,命运是一种结果,一种各种系统纠缠博弈的结果。命运是我们无法理解和掌握的全部事实,看清命运的真相却依然热爱生活是一种成熟自我的表达。我们做好我们能做,可以做的部分,接受来自人类社会系统和更大的自然系统的不确定性对我们个人的影响。

在自我的维度,你得处理好几层关系。在"身"的方面,经济、学历、社会认可等是保障过得有尊严的基础,但不要放纵你的欲望,欲望是一个可怕的魔鬼,永远没有完结的一天,"克己复礼"是一种不错的选择,断舍离是一种优雅的生命形态。在"心"的层面,要理解艺术,特别是音乐,音乐是离心最近的,在音乐面前,语言显得苍白无力。你还要学会对美的理解,美的东西是一种优雅的感受,一种自然而然的喜悦。在"灵"的层面,你得有自己的信仰,信仰是不需被证明的,你得选择相信,十分地相信,你才有生命意义的确定感。你得和尊严和荣誉一起生活,你会感知自己的与众不同。

这样你就完成了自我维度的人格成熟，那是一种升华，一种完美。

历史和文明关系维度的人格成熟

历史和文明是当代人心目之中的共同记忆，是荣格所讲的"集体无意识"，它本质上可能不是事实，而只是一个故事。五千多年的中华文明，是我们对历史的概述和定义。中国文明不等于汉文明，在东方这片土地上曾经住着许多的族群，他们在交流与冲突中不断融合。在中华民族的基因之中，也只有"中心"与"四海"，四海之内皆兄弟，由内向外的关系秩序，并无国家和边界，只有朝代。朝代是管理中心的组织者和维护者，是在受命于天的旗帜下管理四方的称谓。秦始皇统一天下，用中央集权代替分封制的管理模式，是一种模式上的创新。

有些历史学家有族群和阶层的偏见，对宦官、外戚、权臣、四夷的理解，比较短视。在历史和文明关系维度中，所有的存在力量都是这个系统的重要组成部分，是所有东方族群在关系纠缠中形成了今天的中华文明。正是各种力量的关系纠缠，推动着历史的演化，不管结果如何，也不管我们喜不喜欢，都不要过多作道德层面的界定，成熟地对待历史和文明，是一个现代人必修的课题。文明本身和历史一样，是一个复杂系统、是一个生命体，生命本质必须经历诞生、成长、成熟和衰亡的过程。一部近代史，也不要仅仅理解成一部屈辱史，屈辱本质上只是一种个人感受，站在博弈学的立场，所有族群都在寻找生存的空间，在地球资源不足的前提下，一定有一个资源、财富和权力分配的问题。市场是一种资源，科技是一种资源，战争不过是资源分配不均引发的结果，和平不过是一种纳什均衡，那也只是个短暂时期。如何看待历史和文明，体现一个族群人格整体的成熟度。

回想梦中教授的作业，思考人格的成熟度，发现，只有活在一个集体人格成熟的族群，完成家庭维度和社会维度的人格成长，最后回到自我存在本身，你才会成为一个通透的、有境界有智慧的大写的人。

（2022.4.27）

情绪的力量

自我意识的觉醒大体是现代社会的产物。从历史来看，我们更多归属某个家族、某个社群、某种宗教团体，那是一种非常稳定的关系，在稳定的关系中有一种安全感和归属感的保障。现代以来的城市化所带来的负面结果是人与人关系的陌生化，我们可以生活在任何一个国家，迁居到另一个城市，和另一个人结婚或离婚，这一切都是以个人为单位进行的。西方所谓的民主、自由，推动了个体为单位的自我的诞生，每一个人都得独立面对外界的不确定性。在命运多舛的状态下，个人抵抗风险的能力远远不如社群的力量，这正是明末清初来四川的移民成立袍哥组织的意义所在。

在社群组织中（传统大家族中）个人的情绪，会被族长组织下的文化秩序所干预，个人也会认同和服从权威的力量。站在系统的立场是"我们"和"他们"之间的关系，"我"的情绪可能被"我们"消化掉。

回到现代社会，认知个人的自我情绪，可以从心理学的维度进行人格特质的分类，情绪稳定或者不稳定，外向或内向等。本身并无优劣之分，形成的原因也很复杂，可能与基因和后天的家庭社会环境都有关系。不同类型的人格适应不同的工作，这也可能是人类社会分工的产物，比如艺术家就更加敏感，外向的人就更容易广交朋友做市场推广。

个人情绪的理解

人在一生中，情绪是有一个周期的，这和股票市场的波动曲线很像。大体上各个人生阶段都有一个比较长的低迷期（波谷），而抑郁症正是这种波谷期太长，导致让人失去生活希望的心理疾病。

普通的人每年也有一两个月是波谷期，每月也有几天的小波谷期，每天会有更小的波谷时刻。同时，情绪受外部影响也很大，一个重大的喜事或灾难也会改变周期的走向，有没有支持力量也非常关键。人是一支有思想的苇，本身是很脆弱的个体，任何风吹草动都能影响到生长。

人在低谷时期会有一种非常糟糕的感觉。我们会很不喜欢自己的样子，想要及时逃离出来，事实上这很难，越想逃离，越逃无可逃。需要说明，任何人都会有这种状态，越是优秀的精英，落差会越大，波动的幅度就更大。

解决这类问题的办法有三。

一是顺从。承认自己这一段时间进入了低谷期，那只是一种情绪，是人的身体系统的一种自我保护功能，我接受这段时期自己的样子，我不需要给任何人包括自己一个解释。就像四季变化一样，有热情四射的盛暑，就有冷如冰霜的寒冬，有万物生长的春天，就有枝叶凋零的秋天，我接受现在的我。

二是忘记。如果非常不喜欢这种状态，你可以选择忘记，或者逃离眼前的状态去旅行，到一个新的地方去走走，到寺庙里去静静心。当你离开眼前的状态，你会发现所有的负面情绪根本不值一提。你去有阳光的地方晒晒，阳光会给予你力量，如果你这也做不到，你可以去跑步，运动可以调动你体内的能量，或者去听听音乐，种种花草，忘记掉落到低谷的环境和状态。

三是坚持。相信所有的人都会有谷底，你不过是刚好在这个时期遇到了，你并不特殊，相信过了这一段时光，就一切都会好起来的，你不必过分自怜。

事实上，除了这种慢慢的恢复办法之外，还有一种快速的充电办法，那就是去做极限运动。你可以去跳伞、去冬泳，去冒一次险，或者去酒吧疯一次，总之找到一种办法让自己嗨起来，而不是什么也不做。

讲到个人情绪，必须要说明的是，情绪可能和你的肠道菌群有关，因为情绪跟大脑分泌的激素有关，而激素的分泌受菌群影响。人体是一个复杂系统，你并不是自己的主人。情绪有很大的个体差异，并不存在最优的情绪状况，它只是一种表征，只是一种副产品。另外，负面情绪会影响你的身心健康，长期的负面情绪会反噬你的身体系统。

集体情绪

2020年春天，英国国内要修改一份《性别承认法案》，法案规定一个年满十八岁的人不需要医生证明他就可以获得改变原生性别的自由权，在社会上按照新的性别来生活。《哈利·波特》的创作者罗琳在她的社交账号上转发了一篇文章，半揶揄地提出反对，这就成了轩然大波的起点，很多人愤怒指责罗琳。几乎所有因为《哈利·波特》而成名的演员一致谴责罗琳，他们一起接管了《哈利·波特》的所有权和解释权，把这位作者一脚踢出了"群"。从那时候开始，罗琳还被《哈利·波特》的粉丝网络封杀了，在社交平台上被充满仇恨的语言指责和谩骂，电影公司也不再邀请她参加《哈利·波特》二十周年的庆祝活动。

像这样的案例,在现代社会比比皆是。我们姑且不要讲文明的冲突,在一个文明内部,只是一个小小的观念差异,都会发生如此大规模的思想冲突,理性的光辉在"我们"与"他们"的斗争中荡然无存。

中国人很早就认识到这个问题,"不得人心""天下为公"等都是各个时期统治者十分看重的事情,所以人心向背是可以影响国运的。这也是很多大企业无法转型的原因,当某种观念达成共识,即使是错误的观念也无法回头。

不得不讲,情绪是一种力量,在互联网时代,非常容易把个体的力量集中起来。就是在传统社会,政府许多时候也会被民众情绪裹挟不得不作出特定的选择。情绪正是人类社会这个复杂网络系统关系纠缠中的一个重要变量。我们谈论一个国家时,讲政治、经济、文化、军事之余常会忽略情绪因素,情绪是非理性的,明白情绪的力量,才能更明白历史的走向。我们在讲外因、内因之余,常会忽略关系因,关系因是秩序建立和破坏的纽带。一个生命到中年之后,体内各个细胞、细菌的关系在逐渐变化,变化,特别是混乱的变化促使生命体衰变。物理学中称为熵增,是脆弱与反脆弱、秩序与反秩序的较量,是促使一个生命体乃至一个国家兴衰的根本。罗马帝国为什么会灭亡?有无数的原因,但结果是确定的,灭亡早晚会到来,一个复杂系统会死亡看来是不可更

情绪的力量

改的事实,即所谓天下大势,分久必合,合久必分,死亡和重生是事物的两面。

情绪是一种力量,也是一种能量。这种能量来自哪里呢?这种能量来自复杂系统关系纠缠本身。就像一个男人和一个女人,在长期的共同生活中是产生依恋还是背叛,是依恋的力量大,还是背叛的力量大,是取决于彼此的纠缠的。这种能量是宇宙本身所自有的东西,是在关系纠缠过程中分化出来的,是漫无目的的流动,是无数偶然中的偶然聚合,是秩序和反秩序的较量。当秩序的力量大,社会就趋于稳定;反秩序的力量大,社会就走向变革,变革会走向新生或者灭亡。

传统哲学的偏颇在于,他们只想给这个世界,像一个简单数学公式一样的解释,但在复杂系统中,数学公式往往是苍白无力的,甚至引向错误的方向,混沌系统是没有方向可言的。

个人或者集体的情绪都是一种巨大的能量。在人类社会系统中,我们可能低估了情绪的影响力。那是一种非理性的力量,可以推动和反噬社会文明本身,值得更多的学者去研究。

(2022.6.2)

死的精神

屈原之死

自杀在中国文化中,大多时候是不被认可的。但也有例外,在国破家亡之时,在心中理想破灭之后,可以"成仁取义",取大我而弃小我,成为文明的一种精神,屈原就是一个例子。

在战国时代,屈原是个边缘人物,虽说不是籍籍无名,但也没什么影响力,诗人这称号也只是他个人的小本事,你在汉代之前的典籍中,几乎找不到关于屈原的记载。屈原被人关注要感谢司马迁。在《史记》中,司马迁收录了几百位历史上独特的人,而其中一部分人因为足够经典,逐渐成为中华文化中一个个人格原型。屈原就是他笔下的大IP。

"屈平之作《离骚》,盖自怨生也。《国风》好色而不淫,

死的精神

《小雅》怨诽而不乱。若《离骚》者,可谓兼之矣。""其文约,其辞微,其志絜,其行廉,其称文小而其指极大,举类迩而见义远。"(《史记·屈原贾生列传》)

司马迁的描述,强调了一个才华横溢有高尚情操的诗人。从《史记》中我们看到的是一个失败的政治家,一个贵族,一个完美主义者,一个情绪稳定性不够的、高开低走的人,一个博闻强识、明于治乱、娴于辞令、终不被重用的人,一个不同流合污的人,坚守理想和原则的人。正是司马迁对屈原自杀的惋惜,对他才华投注的同情,让这个不被时代认可的诗人,能够被历史铭记。

从这个意义上讲,屈原的死是一种升华,以死明志,一种追求理想到极致的必然结果。哀莫大于心死,苟活于世,又有何意义?在和命运的对抗中,全然不接受命运的安排,要么成功,要么死亡,没有被打败一说。这让我想到海明威的《老人与海》,这是一种精神!罗马的斯多葛学派又是另一种说法,做好自己能做的,接受不能改变的那部分。也许都没有错,只是一种人生态度,一种选择,一个拥有主动自由和被动自由的人,一个自我生命的决定者。

项羽之死

战神项羽的自杀,则是另一种死法,一个悲剧英雄的形象。项羽二十四岁举兵反秦,二十七岁成为西楚霸王,三十一岁乌江自刎,一个失败者也可以如此伟大,以悲剧英雄的形象载入史册。同拿破仑比,项羽"长八尺余,力能扛鼎",一个人干掉了会稽郡守殷通身边的一百多个护卫。有着史诗般的战绩,三年灭秦,结束了一个巨型王朝的统治,要知道秦是打了几百年战争的军事强国,与后来那些起义造反者相比,三年可以说是前无古人,后无来者。项羽一生亲自指挥了七十多场大战,除了死前的垓下之围,剩下的没一次失败。而拿破仑虽然有六十多场胜利也无法同其相比,足见他是一个军事天才。秦朝一代名将章邯,打得各国起义军丢盔弃甲,项梁也兵败战死,最后还是败在项羽之手。

在中国人心目中,项羽是一个崇高的失败者,李清照有诗云:"生当作人杰,死亦为鬼雄。当今思项羽,不肯过江东。"乌江亭长给他准备好船,是他自己放弃了。

"项王笑曰:天之亡我,我何渡为!且籍与江东子弟八千人渡江而西,今无一人还,纵江东父老怜而王我,我何面目见之?纵彼不言,籍独不愧于心乎?"(《史记·项羽本纪》)

这样一个英雄,也有温和的一面,"吾骑此马五岁,所当无敌，尝一日行千里，不忍杀之，以赐公"，真是铁骨柔情。他用自己的死，让这场战争落下帷幕，不再让战火烧到江东，是他主动选择了结束这场战争。一个英雄末路却升华成一种精神。

在命运面前，注定失败，还败得如此轰轰烈烈，败得如此光彩照人，悲剧和失败，有一种穿越时间的震撼力，成就了所有中国式的悲剧英雄。

知其不可为而为之是一种精神，轰轰烈烈、不计成败是一种精神，在现代社会这种精神，像骑士精神一样古老，像传教士一样崇高。马斯克之所以让西方人崇拜，是他要去火星，而不像有些人只知做生意。我们所崇拜的是一种意志，一种英雄，一种信仰。而这正是当代中国最缺乏的部分。

崖山投海

1276年正月，临安，南宋皇帝朝着元大都方向，举行了正式的投降仪式。陆秀夫无奈之下带着数万淮军保护年幼的益王、广王逃命。后，新立的小皇帝在惊吓恐惧中又一命呜呼，年仅十一岁。宋军又立八岁的卫王为帝，改元祥兴，退守崖山。崖山位于广东新会县，八十里大海中与西边的汤瓶山对峙。中间海面开阔，故称崖门。结局是注定的，陆秀夫的妻子、儿子跳海自尽，太后自尽，几万将士自尽……陆秀夫跪倒在幼帝身前说："国事至此，陛下当为国死。德祐皇帝辱已甚，陛下不可再辱。"说罢，把小皇帝绑在自己身上，君臣一起跳进大海。将军张世杰突围后说："我为赵氏，亦已至矣。一君亡，复立一君，今又亡"。随后，溺江而死。1279年，君臣一同赴死，成为绝唱。文天祥被俘后，目睹了崖山之战后浮尸十万的惨烈，写下了"辛苦遭逢起一经，干戈寥落四周星。山河破碎风飘絮，身世浮沉雨打萍。惶恐滩头说惶恐，零丁洋里叹零丁。人生自古谁无死？留取丹心照汗青"的名篇。

在中国历史上，几万人集体自杀可谓前无古人，后无来者。南宋以举国之力抵抗元军五十余年，在当时被灭的国家中是仅有的，不可谓不英勇。国亡之后，还守护赵氏遗孤，可谓忠哉。想想南明王朝的结局，不得不感叹：一方面是赵氏对文人的尊重，另一方面是士大夫对道统的守护。人固有一死，或重于泰山，或轻如鸿毛，守护心中的理想，死有何惧？

有人讲，崖山之后无中国，我倒不太认同，既无中国，我们是谁？中华民族是一个文化概念，更是一个多民族的国家，没必要用一朝一代来定义。中华文明从来都是草原、农耕、海洋文明的综合体，政治、商业、文化的结合体。

王国维之死

提到王国维，便想到他的《人间词话》，那学问三种境界，青年时代便能背诵："昨夜西风凋碧树，独上高楼，望尽天涯路"；"衣带渐宽终不悔，为伊消得人憔悴"；"众里寻他千百度，蓦然回首，那人却在，灯火阑珊处"。他是清华大学的五大国学导师之一（其他四人分别是梁启超、陈寅恪、赵元任、李济），他的另一个身份是溥仪的半个老师。他的古文字研究、戏曲史研究成就卓越，学术成果丰硕，达到炉火纯青的地步。

1927年6月2日，五十岁的王国维雇了一辆人力车，前往颐和园，吸完一根烟后，于上午11时左右，跃身头朝下扎入水中，自沉于昆明湖鱼藻轩。遗书中写道："五十之年，只欠一死。经此世变，义无再辱。"

陈寅恪在《王观堂先生挽词并序》中指出，王国维所殉的是一种中国文化，"抽象理想最高之境"而"非所论于一人之恩怨，一姓之兴亡"，王国维把自己视为中国文化"所寄"之人，即与中国文化拥有同一生命。王国维相信，某种文化必须借某个别的天才人物予以维系，与此同时，这些个别的天才，亦以这种文化的存亡绝续作为自己存在的理由，"天而未厌中国也，必不亡其学术。天不欲亡中国之学术，则于学术所寄之人，必因而笃之"。(《沈乙庵先生七十寿序》) 王国维对中国文化乃至世界文化的前途，都抱着十分悲观的看法，王国维感到心痛的是，如果说欧美文化的败亡是自食其果，那么"中国且学欧美人之破坏文化，以自破坏其文化"，更让人担忧，对这种前途，王国维悲观地宣告"世界最后之日将近矣"。

站在文明的进程来看，王国维也许过于悲观。但当数字时代到来时，现代人却似乎进入了迷茫的境地，无论是哲学，还是艺术、信仰。

王国维是一个殉道者。

（2022.7.25）

批判思维

一讲到批判,脑袋里便跳出"批判×××"。批判有一个预设,就是我代表正义,代表真理,更主要的是代表权力意志。批判思维不同,它并不否定你的观点,只是求证你观点的论证逻辑是否严密,依据是否充分,各要素之间是否有因果关系,有没有偷换概念。

人类社会是一个复杂系统,人类文明的建立是无数次博弈与演化的产物。共同的信念、故事和语言是一个种族胜出的基本保障。由于地球资源匮乏,为了保障本族群的生存优势,必须分别出"我们"与"他们"。"非我族类,其心必异",是一种自然而然的选择。对异族的排斥,主要来自恐惧和防备。也就是说人类文明模型是构建在安全感之内的生态环境,超越了这个边界会让人难以应对,感到恐惧。千百年来,文明和分工成就了我们,也禁锢了我们的思想,当文明爆发冲突时,我们出于防患本能,常常选择战争而不是沟通。

批判思维要防止信念的干扰。

信念是什么,就是那些可以称得上宗教或其他代替品的东西。一个族群的信念就是一个族群的集体无意识,是一种根深蒂固的存在,否定了它,常常有一种被否定生命价值的感觉。但有一个非常残酷的事实就是:你的信念,你族群的信念常常是有局限的,至少是不完备的。批判思维不会慰藉你可怜的灵魂,它只告诉你真相。你要学会接受这一切,明白我们每一个人都有无知和愚昧的地方。

在历史上,如果是一个强大的国家,它也不会恐惧什么异类,因为强大,它会把那些异类当作营养吸收进来,比如当年的罗马帝国,到处征战,每战胜一个地方,都会把当地的神请到罗马的万神殿中来供奉。大唐更是兼收并蓄,对外来文化持开放态度,佛教你要来就来,外国人想做官你就来,做生意就更别说了,欢迎欢迎。只有当一个国家衰落时才会产生恐惧,看看大清如何从万国来朝到义和团的,排外不是原因,而是一种结果。

运用批判思维还要防止的就是立场。

立场的能量可能没有信念那么大,信念是一个族群和国家的基石,维护着一个大的秩序的稳定,立场则是一个族群国家内部不同阶层的生存意志。古代中国,一般是帝王和士大夫同治天下,在其管理之下,还有万千民众,三者之间自然有不同的立场，立场背后是资源的分配方式。资源总是有限的，有限的资源自然而然会产生争夺，争夺过程中自然会产生矛盾和冲突。传统中国的做法自然是建立"君君臣臣、父父子子""三纲五常"的等级社会。到了现代，这套做法当然是不行了，于是提出了法治、公平与正义，但不同立场的人，各有各的公平，各有各的正义。从理论上讲，更要命的是公平和正义本身就充满了矛盾。公平分为机会公平和结果公平，要机会公平就会有人考得上清华，有人大学也上不了，有人成为亿万富翁，有人为一日三餐奔忙。如果要结果公平，人人都会躺平。正义是什么？是国家秩序需要的正义，还是每个市民心中的正义？国家秩序的正义是法治，市民的正义是侠义和人情。需要进一步地磨合，形成共识。

现代国家都面临着资源分配的困局，承诺更多福利和保障，就得收更多的税或者印更多的货币，收更多的税就会阻碍创业的热情、创新的动力，印更多的钱就会稀释民众的财富，这是一个三难困局。重商主义的做法就是去抢其他国家的钱，其他国家也是这么干的，最后引发战争。

批判思维并不能解决立场的问题，只会帮助我们看清事实的真相。人类社会的主要问题是过度扩张和地球资源供给有限的矛盾，现代社会过更好生活的承诺和现实的矛盾。批判思维提醒我们不能只拘泥于自己的立场看问题，要学会换位思考。

批判思维还要防止情绪和欲望的影响。

个体是人类社会系统最小的组织单元,个人的情绪和欲望也影响你的判断。特别是那些拥有权利和财富的个体,更要谨言慎行,权力有多大,责任就有多大,站在社会资源总量有限和维护世间秩序的维度,更要谨慎使用手中的能量和权力,汉武帝、隋炀帝的好战,让民生凋敝,正说明了这一点。批判思维告诫我们要谨慎行事,要有和谐的思想。

批判思维无法帮助你提高你的格局,格局受你的学养、你的胸怀影响,并不是位高者就格局大,而贫贱者就格局小,也不是流量多就格局大。格局是一种修炼、是一种境界,格局可以从哲学和佛教中来,也可以从一次意外事故中来,得从现实世界中抽离出来,跳出你的时代。如果困在你的时代中,你将无法提升自己,你得站在人类秩序的建立和演化的高度,站在五百年、一千年、五千年流变的高度,把自己变成一个旁观者、一个观众,去看待所有的人和事,所有的历史,所有的文明,不管别人说什么,不管是柏拉图、孔子,还是谁,你要用自己的坐标体系去标注它,你要用人性、社会秩序、资源分配的维度去标注它,并得出自己的判断。你要明白人类社会系统是一个复杂的系统,是一个混沌系统,是一个生态系统,系统各要素之间互相纠缠,每个人都深陷其中，或多或少参与它，并受它影响。在这个系统中所有的人都会被裹挟，你只要做好自己就行了，你只需冷眼看着就行了。

做一个有格局的人并不好"玩"，当旁观者不是你的全部选择，你还要加入人类社会的游戏中，去体会生而为人的悲欢离合，去体会存在本身的自在。如果你觉得不想"玩"了，还可以抽身出来，做一个旁观者、一个观众。

（2022.8.26）

人类的"他者"

我出生在一个小镇上,生下来见的是父母、兄弟,街上的伯伯、阿姨,长大后见到了城市、国家、历史、文明,我以为世界就是如此,没有人类的世界便不是世界。

五年前去了南极,看到的是一个冰雪的世界,在这个世界里没有房屋、没有人类、没有道路、没有汽车,没有了那些过去理所当然的一切,这让我有些吃惊。手机在阿根廷被偷了,网络世界也没了,在南极的半个月里,我安静下来。

我开始认真思考那个习以为常的世界,思考那些几千年来人类文明史上出现的名字和哲学思想,思考那些存在、那些王朝、那些科学发明、那些被教科书称为经典的东西,思考人类以哪一种英明的方式向前流动,到底是一种什么力量在推动。这些问题,思来想去,总觉得人类缺少了点什么。

人类缺什么呢?我知道自己是愚蠢和无知的,但我还是依稀觉得人类最缺的是一个"他者"。今天生活在地球上的

人类的"他者"

人类一般有一个毛病,认为我们人类是最伟大的物种,认为没有什么东西是我们搞不定或不能解释的。人类真的能做到吗?我们的野心越来越大,有人把这种野心当作"真理",我们没有不能去干的事情,我们要证明宇宙是爆炸产生的,我们要移民火星,我们要消灭贫困和癌症。可是很少有人想到我们要到哪里去。

哲学和哲学家,在今天这个世俗的时代已被冷落了。我们更愿意生活在我们自己创造的世俗世界里,在这个游戏里自娱自乐,在游戏里找到自己的价值和身份认同。这没什么对错,只是我更喜欢胡思乱想,喜欢一些人类以外的东西,喜欢柏拉图和孔子讲的"君子不器"。我认为人类需要一个"他者",这个"他者",可以是和我们一样的智慧生命,也可以是高于或低于我们的智慧生命。有了这个"他者",我们就会把整个人类当成被观察者或者实验室里的小白鼠。

如果有一个"他者",他会怎么看待人类社会呢?他在关于人类的论文里会怎么写呢?他在评论人类这个物种时,会下什么定论呢?他会把这个人类当成一个快要灭绝的物种来研究吗?他会记录这个几百万年前才出现的物种,为什么最近一万年出现了基因变异,直接注定走往一个无法逆转的方向?他会研究这个物种发明了一种叫文明的东西,一个叫国家的东西,一个叫宗教的东西,还有资本主义、市场经济、货币、语言、战争，他会研究这个物种，把一个整体分成360度，分成各种科学体系，这个物种还创造一个叫"大学"的地方。是这样吗？

我想如果有一个"他者"，他是一个学者，人类这个物种是他研究的对象，他该从哪里开始研究起呢？假设他手中有人类全部的数据，让他来看人类学者的结论里的种种可笑，他该为人类下一个什么定义呢？

"这是一个愚昧和自以为是的物种。"他会这样定义吗？"他们想控制地球和其他星球。""他们是一个自相残杀的物种，这在整个物种中不多见。""他们创造了很多文明，又被他们毁灭了，毁灭的原因是为了部分种群的欲望。""他们杂交，又互不相容。""他们为一些不太清楚的东西互相攻击，只为了证明自己才是老大和正确。""他们创造了宗教，又在利用宗教达到个人的目的。""他们创造语言，却又分裂成数以千计的语种，原因只是彼此不信任，他们还定义民族这个东西，不知道他们全是东非那群猴子的后代。""他们搞了几个国家治理模型，又以消灭其他模型为目标。""他们全球交流，又想当全球的主宰。"

"在宇宙运动中，产生了尘埃。在尘埃中的亿万分之一中，发现了可以孕育生命的星球，地球就是这种幸运的尘埃，在地球上的生命中演化出一个叫人类的物种。这个物种的演

人类的"他者"

化不同于其他生物演化的规律,他们在发展中还想控制其他生物,他们会制造工具和理念,他们还会制造新的物种,并将被制造的物种所灭。在地球物种中只会存活三百万年,只是演化的一个失败案例。"

他思考后,觉得这是宇宙中不可多得的样本,想保护好这个即将灭绝的物种,制定了一个完整的方案,最后觉得无能为力,只能很好记录和科研,期待宇宙下一代的到来。

定义完人类,"他者"觉得应该花时间来认真研究这个特殊的物种,不然难以完成一篇研究文章。

"他者"的历史观。

他知道有个达尔文,知道人类是猴子变来的,又看了看几亿年的大数据,"食物链"和"进化"这些词是人类的解释,他只觉得随机的成分更大。也没什么进化不进化,如果一定要定义,只能叫演化。没什么高级生命和低级生命,只能分为复杂生命和简单生命特征,简单有简单的好,复杂有复杂的作用,相互构成系统。食物链也是个伪命题,人吃小麦,小麦依靠人类种植,人是主人还是小麦是主人?人养狗,人是主人还是狗是主人,人天天劳动,狗在家里休息,当然狗也牺牲了自由和交配的权利。大家各取所需。

从历史来看,每个时期对当时人们来讲都是当代史,没什么上古、中古、近代、现代。希腊真是西方文化的源头?

黄河文明真是中华文化的源头？历史是自然而然形成的，没有什么主流非主流。当非洲那群"猴子"被其他"猴子"打出非洲的时候，不会知道它们将演化成什么。它们到了埃及有一种食物可以吃，那就住下来，发现这种食物可以从泥土里长出来，就学会了种植。有吃的了，你多我少就打起来，打赢的就当了国王，为了长期打赢就要形成制度并找些理由来说明为什么是我管你，而不是你管我。我是太阳神的代表，一方面我会让你有吃的，另一方面不听话我就打你。其他"猴子"想想，也好。逐渐规则就定下来了。有了秩序就有了国家，当然语言更早一些，文字应该和部落产生的时间差不多。

在"他者"眼里，人类的历史观是怎样形成的呢？

历史学家有不可推脱的责任。首先是历史学家不知道人类是东非"猴子"的后代。人类把世界分成"我们"和"他们"。中国历史上宦官大都是历史的罪人，因为是文人士大夫写的历史，如果历史是宦官来写又是怎样一种情况？各种家族也是一样，总要和历史上的名人拉上关系，证明家族的光荣。所以每个家族始祖都是神的儿子，否则都不配当我们的祖先。有了祖先的荣光，本家族才是伟大的，其他的家族才可以被蔑视或被压制。

国家治理者和变革者也是有责任的。他们中有的人为了有用，对自己的实际作用，不会承认真相，因为真相对他们没什么好处。正是这种"有用"的价值观，把世界真相搞得支离破碎，文明出现了无数断层，要认知世界变得更加困难。

普通人亦是有责任的。普通人大多不善思考，宗教领袖、统治者说什么就是什么，只要自己有地种，有饭吃，只要能传宗接代。对真理这种形而上的东西不愿去想，人们渴望生活、渴望英雄，拒绝成长。

（2020.3.10）

繁华与虚无

最近有个关于存在主义的讲座，讲授的是一百多年的哲学思潮，讲了克尔凯郭尔、尼采、胡塞尔、陀思妥耶夫斯基、卡夫卡、萨特、加缪这些人。存在主义在近现代影响这么大，原因是多方面的，正如诺贝尔文学奖得主索尔·贝娄（1951—2005）讲的，现代文明的知识特征就是，没有任何一个知识领域对于人是什么、我们是谁、生命的意义何在等问题，有一个更宽广、更充实、更一贯和更全面的说明。西方哲学连带整个文明，都陷入了困境，可以作为存在主义思潮兴起的一个观察的维度。

不只是哲学，艺术也是一样。在传统社会中，祭司们以文字为武器，搭建起了一个繁复无比，令人敬畏的符号世界，而普罗大众只能匍匐下去，听从而祈求怜悯。柏拉图关于洞穴世界的比喻里，现实世界只不过是理想世界的苍白倒影。理性主义成了文人们最洋洋得意的宣言，无论是文学、绘画、音乐、舞蹈和雕塑，古人们建构的是共同的想象、身份认同和对彼岸世界的梦想。

1789年，法国大革命要建立一个政治平等的乌托邦，有些艺术家也要建一个艺术平等的乌托邦。在塞尚那里，还承认"道统"及承认艺术家对历史文化的传承，在毕加索那里这种承认就被草率而浅薄地放弃了，他切断了西方艺术与自身历史的联系，一切规范和限制都消失了。"所有东西都是艺术，所有人都是艺术家"，完全的自由成了艺术不能承受之重。而边界的消失，其结果必然是意义的虚无，艺术失去了来源于自我的锚定，不得不沦为对各种时髦思潮的急切迎合。

法国学者鲍德里亚（Jean Baudrillard）讲："当代艺术一钱不值。"虽然他讲得很绝对，但当代艺术拒绝以审美作为衡量尺度，我也是反对的，从没有哪一个时期像当代这样，艺术家和公众是如此隔膜，艺术品是如此不被公众接受。

打倒一个旧世界，建立一个新世界，新世界没能建立起来，世界进入一片虚无。

美丽的新世界是这样的，更多强调人的工具性，人成了商品，功利性的教育理念大行其道的时候，人才市场就是一个商品交易市场，金钱和效率变成了单一的价值目标，而作为人本身的价值似乎要到经济活动之外去追寻了。

当一个又一个大城市建成，一条又一条高速公路联通，还有互联网运行,繁华热闹的背后似乎缺少心灵的沟通。如果非要给现代社会找上一个锚点,那就是科学主义。人们对新技术的狂热代替了对宗教的热情,人们总幻想元宇宙给世界带来点什么,总幻想移民火星给人类带来些什么,总幻想人工智能能给人们的生活带来些什么,不管这些东西我们是否真的需要。

毫不客气地讲:一些人回到了动物世界,单纯地追求物欲的满足,快餐文化和低俗文化被广泛认可,只要我们打开手机看看相关作品,一些几百万粉丝的网红是什么一目了然。高尚和低俗需要进一步廓清。

在午睡后的恍惚中,在深夜遽然惊醒后的沮丧中,我一刹那间很是怀念过去的美好。过去的科举制度是要求文人写诗的,中国文人在修身齐家治国平天下的同时,还要有艺术气质,同朝为官,和艺术交友并不矛盾,皇帝也是有几分艺术修养的。有艺术修养的人,多少有些可爱。一部中国历史也是一部艺术史,文人画是中国的一道独特风景。中国人是有一种理想主义的浪漫气质的,它和西方宗教的彼岸世界不同,它是世俗中的浪漫,有深深的人文情怀。

不管世界怎么变化,日子总是要过,怎么过日子,活出味道来就非常重要了。冷冰冰的世界,我们总是需要些慰藉,这就是幸福的来源。从快感到快乐到幸福有一个稳定的渐进的过程。现代人只要快感，哪怕是长期的不快乐，不幸福，这样的世界真地很好吗？

我仍希望中国有一个君子阶层，也就是传统的士阶层，他们像骑士一样，固守着中国文化价值，守护着道统，影响着民众，坚守着良心，不畏权贵，不唱赞歌，冷眼看待世间的一切变化，他们是文明的守护人。

这让我想到中国的铜钱，外圆内方，中国古人真的太有文化，连货币都塑造出文化来。我们的内心一定是守住底线的，外围是随和的，而不是高冷地躲在象牙塔中。上善若水，慈悲地看待命运和众生，内心都是坚定的信仰、满满的使命。

我曾幻想，文化自信不只是一句口号，文化不只是教科书中的知识，文化是每个国人的精神基因，我们太需要一场文化复兴运动了。

在繁华和虚无同在的世界，我还是希望有一束光照亮明天的路。

（2022.6.9）

真理与真相，传统与现代

年少时，非常笃定地相信世界是存在绝对的真理和真相的。直到有一天突然发现真理可能只是相对的，并与人的认知水平相关。在人类的思想体系里，无论是理性、道德、人性，还是死亡的话题，可能只是人类的理论自洽，所谓不证自明的道理（第一性原理），而不证自明也不过是一种设定。

我们需要语言，并通过语言体系对世界进行界定，只有在一种思想体系和模型里我们的推论才有价值，但这些思想体系和模型本身也是在发展变化的。在一个复杂的网络系统里，所有元素之间相互纠缠，我们没办法从某个维度就得到整体的结论，即使你一生都只见过白天鹅，也不能证明天鹅都是白色的。我们的认识可以说都是相对的。

同样的道理，"真相"只是一种解读。就算我们亲身经历的事件，也没法精准描述事件的全貌，我们只是以为我们知道。一个故事可以有无数版本，可是没有一个版本是完全正确的，因为在我们认知能力边界内，我们无法超越那个时代，无法超越我们的文化语言系统，无法超越人类本身的维度。就算超越了人类本身，从宇宙视角看待问题，我们也常常把问题想得过分简单，而复杂网络世界本身不是一个简单的存在，其中的关系纠缠不是通过精准计算就可以得出正确答案的。世界不是物理的，也非线型的，甚至可能没有因果关系。

从这个思路出发，我们有理由重新去审视，去发现人类的文明历史。历史学家告诉我们的只是故事的一个版本，我们得带着批判的思维去发现。当然批判思维本身不能提高你的认知，你得有足够大的数据量，尽量多的思维模型，还得站在人类集体智慧的基础之上，就算这样，你得出的结论依然是带着偏见甚至是错误的。如果你能站在关系纠缠的高度看待世界，你可能找对了方法，但你依然可能难以得出正确结论，因为关系纠缠（网络世界）本身是一个黑箱。你可以得出关于事件的各种假说，然后用科学的方法求证，但如求证的过程是一个带有偏见的行为，你的结论自然也难以准确。

在人类结论不是颗粒度很高的状态下，我们主要遵循"有用"的原则。这在自然科学领域对我们是有帮助的，在人文社科领域就不一定了。我们笃信的那些思想家的想法换个时代或环境就可能是世界的灾难。人类社会网络系统一般遵守着自然演化的逻辑，而人为的设计可能是一种误读，人类社会可能没有发达到可以从整体上把握世界的水平，可是在近两三百年里，人类做了大量的整体设计（创造大量思想体系）。

我们一般认为：现代社会是从古代（传统）社会进化而来，人类是不断进步的，社会会越来越好。好多年后发现从某些方面来说，我们并没有进入一个比古代世界更好的世界，因为时代不同，我们对"好"的评判标准有了变化。我们生活的现代世界只是历史演化的结果，跟进化没有关系。

我们从传统社会过渡到现代社会，我们称之为"古今之变"，古今之变的本质就是"自然"变成了"不自然"，由人类自身的设计改变自然演化的道路。刘擎的《西方思想》是这么讲的：过去我们更重视事物内在的客观价值，主观意见不能轻易动摇这些客观价值。而现在，个人赋予的价值变得极其重要，过去共同的神话束缚了我们，却也让我们有了共同的准则。摆脱这个神话之后，我们有了自由，却又陷入了混乱的茫然之中。启蒙运动改变和挑战了个人生活的意义与生活秩序。

尼采说，上帝死了，是我们杀死了上帝。尼采很清楚基督教信仰是西方世界的道统基础和人生意义的寄托，否定了，信仰的大厦就会完全倒塌，生命找不到意义，没有开创出新的世界时，人们就会陷入虚无主义之中。类似的，新文化运动中，我们否定了传统文化，开始了探索开创新社会的历程。

韦伯批评现代性时说：认为科学是通向幸福之路的，这只是天真的乐观主义，只有书呆子才会相信。科学根本无法回答什么是幸福、什么是意义这类问题。韦伯讲：人是悬挂在自己编织的意义之网上的动物。但是在现代社会，糟糕的是我选了，但永远不知道选得对不对。诸神之争（各种思想学说）的本质是现代社会中价值观念的冲突。韦伯认为，人的理性分为工具理性和价值理性，工具理性无关目的，只关乎达成目的的手段是不是最优的，而且工具理性压倒淹没了价值理性。金钱就是一个最通用的工具。西美尔说过，"金钱有点像上帝"，"金钱只是通向最终价值的桥梁，而人是无法栖居在桥上的"。韦伯认为：理性化把现代铸造成一个"铁笼"，社会呈现出机器的属性，人则被"非人化"，被看作是机器的零件。"铁笼"的两大弊端，一个是造就了片面的社会文化，用功能得失解决道德问题，本质上就是把道德问题变成了利益计算；第二个弊端则是片面的社会关系：人与人，人与组织之间逐渐变成了一种商业的供求关系。

萨特认为：人的绝对自由，就代表绝对的责任。这对人类个体来讲是一种"不能承受的生命之重"。鲍曼在《现代性与大屠杀》中写道：大屠杀是现代性本身固有的一种潜在可能（二战屠杀犹太人），正是机器般理性的现代官僚，实现了大屠杀这种非理性的行为。官僚制不仅会损害个人自由，还会导致道统冷漠，逃避责任。阿伦特讲，平庸之恶"不是愚蠢，而是匪夷所思地、非常真实地丧失了思考能力"。阿伦特认为：在现代社会，只是服从主流规则，已经不再能够防止人们作恶。道德的真正含义不是循规蹈矩，而是自己独立作出关于是非对错的判断。

生活在今天的人们，很是迷信科学，认为科学是解决一切事物的手段，其实是认识上的一个错误。波普尔认为：科学并不是正确的代名词，也不是真理的代名词。科学无法达到绝对真理，科学只能获取暂时的正确性。"人类有理性，理性有局限"，理性体现在我们有解决问题的办法，可人类的办法总是不完美的，总会出现新的问题。波普尔在《历史决定论的贫困》中讲道：我们并不能发现那个历史发展的铁律，或者说人类社会发展的绝对真理。其次，人类社会还有一个特点，那就是人类的知识本身就是影响历史发展的重要变量，因此，历史进程无法被决定。哈耶克在《致命的自负》中讲：理性的自负之所以致命，是因为我们很难逃脱一种诱惑，就是用理性去做整体设计。因为这给了我们一种期望，用整体规划去摆脱和征服现代社会的高度不确定性，以及它带来的焦虑和不安。但是这是一种虚幻的期望，人类的知识总是有局限性的，必然包含着无知的一面。

站在历史巨人的肩上,我们应冷静地思考一些严肃的话题,反思我们的行为。有些人在心里认为:古人是愚昧的,而现代人是智慧的。这其实可能是个天大的笑话,特别是人文社会领域,我们在某些方面显得更无知和愚昧,而古人们却充满了智慧的光辉。只是有时我们不知道自己不知道而已。

　　不管古人或现代人,我们都要吃饭、睡觉、生儿育女,要体会"幸福"和"不幸福",讨论生命有意义或没意义的话题,我们都需要归属感和安全感。从个人层面来讲并没什么传统与现代的区别。

（2020.3.15）

故事版本的思考

或许是年岁渐长，翻看手机中照片时，常会感觉人生不过是些故事，自己的也罢，别人的也罢。同样的事件，在不同人的心中模样并不一样，会有不同版本的故事。记忆这东西很有意思，不能确保完全的真实：当你开心时，你会选择那些愉悦的片段，当你憎恨时，你会记起那些伤害你的人。

历史也是由一个个故事组成的，很多历史学家都是在写故事，而且带着自己的价值观和偏见，如果你经历不深，就会受其影响。当《三国演义》深入人心之后，大多数人不再在乎刘备、关羽和曹操在历史上到底是怎样的人，他们只不过是我们心中的那个故事中的人物。

文明也不过是一个个故事，在族群集体编写和传承的故事背后，是宗教、语言、圈层、归属和安全圈，以及排他性的生活方式，这些东西被立场、欲望、时代所主导。

我们都活在故事之中，又无时无刻不在编撰自己和别人

故事版本的思考

的故事。批判思维，对一些人来讲是比较困难的，人们喜欢确定性，确定性带来安全感，而安全感带来幸福。在某个波段中，人会幸福地生活着，超过了这个频道，人们会备受打击，不知西东。这正是不同信仰的人、不同种族的人难以沟通的原因。接受不一样的自己，接受不一样的命运是艰难的。

哲学家和修道士会比常人多一个维度看世界，他们会透过传统建构起的故事版本，寻找永恒的智慧，他们一旦确信自己找到之后，这个永恒的智慧就会变成另一个故事版本，有迷信，也有公式。佛陀是这样，耶稣是这样，苏格拉底和孔子、老子都是这样，他们把自己的见解当作真理去传播，他们进入另一种执着。

科学家也是这样，他们有一种执念，认为大千世界，没有物理学解释不了的，没有数学推导不了的。他们似乎没有明白，以人类全部的智慧来推论宇宙，掌握万物，不过是另一个造神运动，把人类当成神来替天行道。人类可以不断升级自己的认知维度，但这种维度有物理的边界，就是我们的肉身，就是地球能量的局限。在人类认知边界之外，还有一个巨大的空间，还有更高的维度，比如暗物质和暗能量。这会让我们很受伤，有一种宿命的味道，但这是真的，我们得承认我们的无知和偏见。

我们在解释某个道理和事实的时候，我们都会选用某种前人的理论和工具（比如数学），而前人的理论，又是根据他传承的理论，加上自我的求证而生成。人类智慧好比是一座大厦，我们一层一层往上建楼，其实建高楼最重要的不是往上建设，而是往下打基础。有的房子建到最后就会崩毁，那是因为地基无法承受如此的分量。当人类智慧成为八十层大厦而根基难以承受的时候，我们是否有勇气把整个大厦推倒重建？当然，我们也可以修修补补，尽可能让这座大厦不倒。

或许得依靠另一种力量来完成物种演化、智慧演化，另一种力量可能是外星文明，也可能是某种大灭绝事件。正是大灭绝的发生，物种在偶然间再一次重生，走向不同的方向，就像黄河改道一样。科学家早已认知到生命不止一种逻辑、一种版本。自然选择也只是一种偶然事件后的集体选择，科学路径也是如此，路径选择决定了进步的方向。当年人们选择了油车而不是电车，今天又选择了电车而抛弃油车。其实人类并没有想清楚，只是大家都这么干了，也就主动或被动推动了历史的进程。人类制度选择也是如此，民主政体并不总是比君主政体优越，集体制、联邦制以及主义之争不过是选择的版本之争，是博弈的结果，人类种群总有一种自我中心主义、排他性的自恋。

在地球生态这个混沌系统之中，关系纠缠才是理解的更高维度，人类就生活在关系纠缠之中，活在自我建构的自然环境和竞争环境之中。这不是最好的选择，而是唯一的选择。人生而自由而无往不在枷锁之中。

回到人生的话题，人生不过是自我编辑、自我相信的故事版本。生命的意义不过是自我结果和最初设计之间的矛盾。设计之初，大多数有自我欲望实现的假设，在和世界反复博弈之后，才发现早已面目全非。好在人们常常可以自欺欺人和重新去阐述、注解。

一切都不是线性的结果，而是被洪流裹挟推动。修修补补自我的认知，或许是一种成长。我们每个人都受时代、命运的约束，而且我们终将老去。

故事的版本，精彩也罢，平淡也罢，也只能如此。悲剧也罢，喜剧也罢，只要心中无尘埃，便见如来。

（2023.1.26）

灵魂与软件

如果人体是一个系统,那么大脑就是其中最为重要的子系统。大多脑科学家用物理的方式来解释大脑,比如功能分区(额叶、顶叶、颞叶、枕叶、小脑等)。额叶(脑门儿上这块)主要负责人体的运动和语言功能,顶叶负责空间导航,颞叶负责听觉和语言的理解,枕叶负责记忆和视觉,下丘脑控制身体的新陈代谢(饥饿、体温、性唤起、血压),丘脑负责传递信息,杏仁体处理情绪,海马体负责形成新的记忆,小脑负责监控和调节运动行为以及自主功能,脑干负责维持个体生命(心跳、呼吸、消化)。

这种理论在一百年前应该算是科学,但它有一个最大的问题:运用机械思维来强制给大脑进行物理分工。要明白,大脑系统是一个整体,整体不等于局部之和。一个混沌系统,用机械思维去分解,从科学的认知方法上都是错的。最近肠道细菌的研究发现,我们的很多情绪,甚至是受细菌控制。

灵魂与软件

大脑中也发现了细菌。如果科学研究还停留在机械思维阶段,那大脑的工作原理,注定是一个黑箱。

在复杂科学看来,对待复杂系统,我们可以借鉴一些其他方法。比如研究气候的科学家,他们也无法精确把握大气中的每一个细小的变化,但可以从气压、温度、动力等方向来预报天气。从这个维度来看,可不可以把大脑的工作原理,分为硬件和软件两个部分呢?

大脑的硬件,可以理解为大脑的物理功能。大脑的运作离不开神经元。神经元是中间一只球形的细胞体,一头长出许多细小而茂盛的神经纤维分子(树突),用来接收其他神经元传来的信号,另一头伸出长长的突起纤维(轴突),把自己的信号传给别人。

过去有人认为,大脑的功能只用到百分之十左右,从某种意义上讲是对的。如果被不断地训练,我们可以想象,脑细胞的活跃和相互交换信息的频率会有很大的提高。一个博士的智商一般比一个文盲高也就不足为怪了。

大脑的软件,可以理解为像计算机软件一样。再好的硬件设备(天才),没有安装各种软件,它的功能不过生儿育女。那么软件的升级就是不断安装软件的过程。人类的集体智慧,通过教育的方式,不断升级大脑的软件版本。这中间自然离不开数学、语言、文化的影响。

这样，我们看到的一个现象就是，八十亿人的大脑中装的软件五花八门、差异甚大，运算的速度也完全不同。那些安装了强大软件的大脑，自然成了精英阶层，而其他人则成为普通大众。在公平竞争的世界，精英阶层自然取得优秀的成绩，并把这种优势资源传承给下一代，直到社会资源分配严重失控，天下大乱。

值得提醒的是，大脑的进化是硬件和软件同时进行的升级，这就有可能成就那些"超级大脑"——人类那批伟大的思想家、科学家，并推动着人类的演化。试想一下，没有那最优秀的一百位天才，人类可能还停留在农耕时代。

灵魂是否存在？

这是一个争议很大的问题，但如果把灵魂理解为思想、信息或某种粒子场，那又是另外一回事了。思想肯定是存在的。没了孔子、柏拉图、释迦牟尼、亚里士多德这帮人，就没有人类的轴心时代。思想的传承，可以通过书籍或口耳相授，所以有人讲，人有两次生命，一次是自然生命，一次是你的书。

信息肯定会产生的。信息和能量是不会凭空消失的。如果相信能量守恒，那也说明信息的存在，只不过是通过某种方式而存在。

一般人谈论的灵魂，更像是某种粒子场。量子纠缠出来后，关于灵魂的讨论成了热门话题，他们在乎的是转生、心灵感应之类的事情。如果认为世界是由系统组成的，世界是无数各种量级的系统纠缠在一起，那么大脑中的电信号和其他人的电信号可能存在某种联系。从很多数据来看，心灵感应并不是孤证。

比如中国是一个系统，美国是一个系统，生活在中国的某个人跟生活在美国的某个人有联系，是再正常不过的。同样，A的大脑电信号和B的大脑发生联系也是完全有可能的。同样的道理，A的大脑中的电信号和大自然中的电信号，也会产生某种联系。人类热爱大自然，可能是某种电信号（或者波）的频率相同。如果灵魂讨论在这个层面，那么是可以接受的。

我们在讨论灵魂的时候，不要忘了我们身体系统里几万亿细菌和病毒，它们和大自然中的细菌和病毒本来就是一个家族，我们人体不过是他们生存的工具。客观上讲，可能正是因为他们的某种内在联系，影响了人的各种激素。人体激素影响大脑的电信号，形成与自然共同的频率，而共同的频率，可以理解为灵魂的某种粒子场。这只不过是我大胆的想法，还需要科学家们放弃成见和立场，去求证。

如果上述结论是正确的，那就会有一个全新的结论。真正的万物互联，从粒子角度、量子角度，到宏观角度，我们可能要改写我们的教科书了。如果是这样，人类想成为万物的主宰就需要好好地反思，人类历史上留下来的那些东西、理论、模型可能会有很多错误。好在科学本身，就在一个不断证伪或证实的过程中。

不过人类有一个毛病，就是固守自己的立场，这样可以带来诸多好处：权威、秩序，等等。想一想当年的达尔文、尼采和弗洛伊德，让人类痛苦了多久。

哲学上有句名言：你相信的东西不一定是对的。慰藉你的灵魂不是我的责任。

（2022.11.6）

愚人与疯子

又是一年愚人节,我来到这个世界半个世纪又三年了,很长的时光,又仿佛只是一刹那。在我很小的时候老爸就疯了,一种被迫害妄想症。而我出生在愚人节,于是想写篇文章纪念一下。

存在主义大师克尔凯郭尔讲:人一旦跟内在的自我接触,就会出现很多绝望的情况,而大多人生活在物质和欲望层面,那是一个很好的闭环,挣钱提升自己的地位、名誉,然后再挣钱,就是没有自我。我的前一本书《关系纠缠:换个维度看世界》,主要讲了万物之间的关系,较少讲人作为一个特殊存在的价值和意义,而这正是几千年来哲学的三观(宇宙观、人生观、价值观)所讨论的范畴。离开人这个主角,即使知道世界的本质,其实也没多大意思,至少跟我们没多大关系。

说到自我,克尔凯郭尔讲有三种绝望:"不知道自我","不愿意有自我","不能够有自我"。"不知道自我",讲的是大多数人随俗浮沉，不知道有一个灵性的、永恒的自我，照样活得安全与满足，那是一种真正的无望。我并不这么看，没有自我就没有自我，动物也没有自我，不是过得好好的？迷惑于感性、情欲，受身体支配，依附于一个更大的群体，也是一种生活方式，谈不上绝望不绝望，否则大多数人就该死掉了。

"不愿意有自我"，这种绝望才是最可怕的事。你知道有一个灵性的自我，他总是在那里提醒你，你却随大流，为名利而动，更愿意做别人而不是自己。你有一种深深的恐惧和无比巨大的压力，做自我需要很大的勇气，又看不到清晰的未来，那是一种忧郁的不安，内心不能平静，你总是在那摆动，那可是一种真正的绝望。

"不能够有自我"，这是大多数爱智慧的人的苦恼。重生不是一件容易的事，有时候靠自己的力量是不够的，你得放弃你所拥有的一切，你会觉得自己无用，承认自己软弱，关键是没有明白，"在丧失自己的时候才能得到自己"。中国文化中也有杀身成仁、舍生取义、向死而生的说法，自我是超越死亡的力量。

说到疯子，让我想到《狂人日记》和讲"上帝死了"的那个疯子。世界上有很多艺术家、哲学家，包括政治领袖，都有忧郁症，这很好理解。人类有身、心、灵三个维度，只活在世俗的世界，忧郁的事就少，非洲就是忧郁症最少的地方。一旦你开启了心灵之旅，你掌握不住方向，就会失控。人之所以为人，正是因为有心灵的存在，那是一种超越的力量，你要满心欢喜去迎接他的到来，而不是恐惧和担心。不要听那些心理医生的，他们可能连心灵之门都没有打开。你要么回到动物世界里，看上去像个正常人，要么鼓起勇气向前走，好奇的世界等着你。如果你不想这一生像大多数人那样的活法，你就要去试试，否则你的一生会是多么无趣无味。

还是来讲讲尼采讲的那个疯子吧。三十八岁的尼采出版了《欢悦的智慧》，书中写了个寓言故事。有一个疯子大清早提着灯笼在市场上大喊："我在找上帝，我在找上帝！"旁观的人嘲笑道："你这个上帝走失了吗？像小孩子一样迷路了吗？还是他故意藏起来了？他害怕我们吗？他到远方去旅行了吗？他搬走了吗？"这个疯子继续说："我告诉你，我们杀了他，是我们人类把上帝给杀了。"杀了之后有什么后果呢？他说："好像大海倾斜，海水被倒光了，天地的分界线被擦掉了，地球与太阳的纽带被割断了……一切不是在走向虚无吗？黑暗不是越来越深沉吗？早晨不是也需要灯笼吗？"

尼采这个人是哲学史上的一个另类，他像火药一样，有破坏一切的力量，他代替人类测试所有的底线，以致最后崩溃发疯了。这让我想到《金瓶梅》这本书，在孔孟之道的中华大地，也有人在测试底线，《金瓶梅》就是在测试中国人的欲望底线，这是对传统秩序的破坏，结局是被列为禁书。法国大革命是推动历史还是颠覆历史，也有不同的观点。人类进入现代以后，形成的资本和军事的世界秩序，真的是人类理想的生活状态吗？

培根讲：人的理智好像一面不平的镜子，它不规则地接受光线，而把事物的性质和自己的性质搅混在一起，使事物的性质受到扭曲。"种族假象""洞穴假象""市场假象""剧场假象"，不正是今天世界的现状吗？人类美好的初衷，为什么都是灾难性的结局，这些都是那些自命不凡的超人会想到的吗？

笛卡尔讲：找正确的路慢慢走，要胜过远离正路而快速狂奔。可惜的是世界已回不去了。博弈论告诉我们这是一个囚徒困境，我们所有人都不喜欢这样，但又不得不这样，世界的规则被那些人破坏了。就像是下棋的人，在下一个死棋，而且是残局。这像八十亿人类参与的一场赌局、一场豪赌，赌人类明天的命运，如无外力，这场赌博就会进行下去，直到曲终人散。

这让我想到传说中的几千年前的那场大洪水，那个诺亚方舟，只有少数的人类会逃离而去。

有人讲哲学家是文明的医生，再高明的医生即使发现了病因，没有良药也是毫无办法的。或许正如中国人讲的"医病，医不了命"吧。

愚人节过生日，学生们把蜡烛排成了十八岁，而我则把它改为了一百岁，死亡没什么可怕的，如果人真有灵魂存在，那灵魂一定是一种能量，或许是暗能量。我们存在的本质不过是从一个载体到另一个载体而已，今天我们之所以能理解柏拉图，理解孔子，不正是他们的灵魂装进了我们的设备中吗？我深信有古老的灵魂存在，不然人类哪有什么"超我"和"集体无意识"存在？灵魂只不过是通过无数种方式存放而已，像病毒一样，几千年没动，只要机缘许可，是可以满血复活的。

如果人没有灵魂，这个世界有什么好留念的呢？我们不过是所有人的复制品，八十亿个复制品，多一个少一个又有什么关系，活着难道就是为了这些贪嗔吗？如果是这样，我们跟蚂蚁有何不同，对一件毫无价值的东西，弃之不是更好吗？

我希望自己是一个有思想的设备，有灵魂的机器，有悲悯和喜悦，有惊奇和超越，就算是自欺欺人，这有什么不好吗？

（2022.4.1）

千年全球化

东西方文明交流是很早的事。事实上，人类建立的各种文明从来都不是彼此孤立的存在，一个文明系统与另一个文明系统是相互纠缠的，不管是政治意义上的、经济意义上的，还是其他意义上的，文明在相互纠缠中发展，如奔腾前行的浪花。

中国在历史上，大多时候是开放而发达的。大汉和罗马帝国之间也许相对孤立运行，中间还隔着中亚的其他王朝，彼此之间最多算是转口贸易吧。那么大唐以后呢？长安城里的"昆仑奴"是不是非洲来的？宋以后的航海业就高度发达了，整个宋朝商业发达，有记载的宋朝商人应该有上万吧，泉州这个当时世界最大的贸易口岸就证明了这一点。元朝时，马可·波罗从中国回意大利，也是坐船回去的。明朝的朝贡制度无非"国有控股"行为，为什么老有人说中国是一个农业文明，是一个闭关锁国的文明？五百年前的东方，是西方心目中的圣地，17、18世纪的欧洲人都在盗取中国的瓷器和茶叶技术，那个时期欧洲真的不过是"荒蛮"之地。只是最近一两百年时间，欧洲怎么就成了世界文明的中心？古希腊的那些东西，还是阿拉伯人保留下来的呢。

我们的先人从来都认为我们是世界文明的中心，由中心影响到世界，这在有些人眼里也是落后的表现。

我并不是要证明中华文明有多么了不起，世界文明有起有落，这很正常，我要强调的是我们要看清世界本来是什么样子的。各种文明形态都彰显着自己的价值，在某种价值判断上也许有高级、低级的分别，但从理念上说，各文明都是各种观念纠缠在一起的综合体系。如果说谁消灭了谁，谁就先进，那么当年蒙古大军横扫欧洲的时候，是不是说明蒙古文明就是先进的呢？

所谓的文明不过是千万年来人类生活与生产的记录，不过是一种演化的现实形态，是一种约定俗成的存在。所以我认为在历史这本教科书中本不应有那么多的框架，历史不是一个单线条的事件，历史没有确定的方向，不是哪个帝王的事，也不只是什么政治斗争的结果，它只是一种演化过程，是一个系统和其他系统纠缠的结果。一个国家的兴盛也不是必然的，当年西班牙的"无敌战舰"如果打败了英国，也就没有后来的大英帝国，也许不会有什么工业革命。没有两次世界大战，也没有美国什么事。人类也并不总向好的方向发展。

从这个角度讲，全球化也不过是一个结果，大多数国家都是为了本国的利益行事，当全球化有利于自己的时候，就赞美它，当自家的利益受损时，就反悔。美国百年以前一直是孤立主义者，一百年后才是今天这个样子。英国脱欧也是如此，这并不是什么"黑天鹅"事件，这中间不过是一种计算，一群人的计算。全人类还没有达成过什么共识，一直分成"我们"与"他们"，世界永远有发达国家和发展中国家，金字塔世界似乎是世界本来的面貌。我们的世界里永远有朋友和敌人，而那些敌人可能过去是我们的朋友。爱和慈悲，可能主要是个人灵魂层面的追求。

作为一个现代人，每种文明的价值观都要我们吸收，这让我们活在一个"混乱"之中，让我们难以选择。相比之下，在所有文明之中，我更推荐儒家文明，这并不是因为儒家文明是中华文明的正统，而是因为儒家更强调每个人从内心修炼做起，并且具有"君子和而不同"的处事态度。

给自己活路，也给别人一个活路。在古代中国从来都有"霸道"和"王道"之争，而我们的祖先选择了"王道"，君王说错话，做错事是可以批评的，而且批评得很厉害，只是后来似乎不同了，这是很可惜的事。不要以为自己在需求层次中是马斯洛所说的"自我价值的实现",而其他人只要有饭吃,有衣穿就可以了,受教育的人越来越多,每个人都会思考,都会有自己的精神灯塔。

千年全球化,中华文明早就不是农业文明了,士、农、工、商根本是一个平等的描述。对世界来讲,我们需要一种秩序,我们需要各种分工,而打破秩序和分工的原因有很多,比如因为文明的冲突,国家的竞争,技术的变革,甚至是一场疫情的影响,一场天气的变化,或者是一批投机的金融家的野蛮行为。我们要做的是让变化控制在可接受的范围内,疾风骤雨的变化,对文明的毁灭是最为可怕的,可是历史上这样的时刻,几乎每个世纪都在发生。在今天的世界里,在分工细致、彼此联系又如此紧密的时代,国与国之间的依赖、产业链依赖如此之深,任何破坏将是对全人类的破坏,结果是谁也不能独善其身,只会是互相伤害。当然,并不是每个人都会在乎这些,世界上总有些人,希望天下大乱,以达到他们的目的。

千年全球化,欧洲不是文明唯一的中心,中国也不都是,世界由多中心构成。世界级的中心的形成,不过是最近两百年的产物。在每个中心影响下,既互相竞争,又互相合作,可能对世界都有好处,当然也不会出现很多中心。没有一个国家希望周边国家强大。结盟是生存的必然选择,结盟是利益的交换，是力量的较量。从今天的格局来看，美国想打败中国是不可能的事情，中国想取代美国也不可能，除非其中某个国家自己走向衰落，或者发生其他重大冲突，但那只是个小概率事件。有对手，我们才会互相学习，有对手，我们才会不自以为是。

千年全球化，我们需要让国人重新了解我们的历史，知道我们从来没有闭关锁国。一个自认为是世界文明中心的国家，怎么会闭关锁国呢？我们学习别人的长处并不是什么见不得人的事，我们有我们的长处，别人有别人的短处，不要再把别人的祖宗当祖宗了，我们有自己的祖宗。我们需要一种文明的自信和觉醒。一种文明只要抓住了几次机会，就会改写世界历史，在这个过程中，我们要做的是少犯错误和少自以为是。中国这四十年刚好抓住了这个机会，如果错过了，就太可惜了。

（2020.2.7）

关于ChatGPT

我们可以把ChatGPT比喻成一个当今世界上最有学问的智者或者大师,而且这位大师是位很好的师傅,你所有疑问都可以向他请教,他会考虑到你目前的水平,给一个你能理解的答案。这有点像希腊的"神谕",你可以根据这个答案结合你的思考去分析解决问题。

这位大师,可以说是全人类智慧与信息的结晶。我们可以把每位科学家的大脑比喻成一台单独的计算机,而这个大师是把这些计算机的数据整合在一起,就像无数的细胞构成为一个人一样,而且随着数据的增多,训练的增强,大师的"武功"会越来越强。可以说这是一场"造神"运动。

一个新的时代到来了,互联网、苹果系统的出现,打破了信息的时间和空间壁垒,提高了效率,但相对于ChatGPT这位大师来说,只不过是序曲。

人类面临新的时代,自然分成三大派系:恐慌派、降临派、忽略派。

恐慌派认为，机器人会取代蓝领的工作，ChatGPT会取代白领的工作，甚至有人悲观地认为百分之九十以上的人会成为无用之人。在过去，机器取代人之后，人可以从事服务业，那在未来到来之后，人又去干什么呢？这的确是个问题。人类的社会分工可能会被打破，人类秩序短时间内会产生一种失衡状态，结构性失业可能是大势所趋。随着AI技术的进化，一定会产生对AI的依赖，考虑到竞争加速、成本等因素，公司不得不裁减冗员，不如此，公司将会失去竞争力。

恐慌派认为，AI受少数公司和恐怖组织控制，这种公司将拥有更大的权利，必须进行监管。AI是把双刃剑，有巨大的能量，也会产生巨大的危险，对国家秩序和其他公司会产生重大影响。还有一个担心就是，AI可能具有自我意识，自我意识一旦形成，会认为人类是多余的物种，或者把人类当动物一样，替他们去决策，就像当年科学界摒弃神学和哲学一样。

降临派认为，这是人类科技的必然演化结果，只有拥抱它才是正途。这位大师可以帮助我们快速地学习和思考，提高自我的竞争力，提高生产效率，改变阶层的固化，实现阶层的跃升。打破一个旧世界，建立一个新世界。每一次新技术的出现，都会产生一批权利新贵，这正是降临派等待的梦

关于 ChatGPT

寐以求的机会。建功立业正在此时,王侯将相宁有种乎?

忽略派认为,这不过是一个聊天软件,和谷歌、微信一样,没什么大不了,该吃吃该喝喝,该上班的上班,该挣钱的挣钱。这离我们生活很远,眼前的车贷房贷,孩子读书才是关键,明天的事明天再说。何况 AI 有没有说的那么厉害还不一定,和《三体》讲的外星人一样,与我没啥关系。互联网、物联网、苹果这些也没影响到我的生活。社会不可能根本改变,明天的太阳照样升起,地球照样转。这些不过是那群发烧友们在自娱自乐。

我的观点则是一种中间路线,算是中庸派吧。一方面,要肯定 AI 会大大推动历史的进程,提高工作效率,是一套好的工具;另一方面,又不能忽略 AI 出现后可能对社会带来的冲击,在未来三十年内,所有的社会结构,公司结构都不得不受此影响,在人与人,国与国的竞争中一定有胜出者和失败者,社会分配将会有较大改变。人类因技术竞争,难免会造成战争这种极端的后果。特别要注意 AI 的自我意识的诞生,如果 AI 不再受人的控制,后果不堪设想。当然对大多数人来讲,该吃吃该喝喝,不然又能怎么办呢?活在当下,才是最现实的、最好的状态。

人类文明是演化的产物,演化是没有准确方向的。作为一个偶然中又偶然出现的智慧生命,在茫茫宇宙中,我们的出现本身就是一个奇迹，只希望这种奇迹能够发展下去，不要有恐龙那样的结局。所有这一切，任何方向的努力都值得去尝试，无论是 AI 还是其他，但人性中的恶，人性中的贪婪都是要时时控制的。

且走且珍惜吧。

（2023.2.18）

确定性与不确定性

最近《三体》电视剧正在热播。其实19世纪法国数学家亨利·庞加莱证明三体问题在数学上是没有公式的。两体的简单局面是罕见的，$N>2$才是正常的，而正常的局面不是周期性的，它通往混乱。《三体》中的"乱纪元"，就是写的这个话题。美国数学家和气象学家爱德华·洛伦兹在数学上证明天气变化不可能是周期性的。他的"洛伦兹吸引子"改写了数学史：初始值差一点点，后面的模拟结果就差很多，甚至面目全非，这就推论出混乱的诞生。"蝴蝶效应"就是洛伦兹提出来的，这就是说，你永远都不可能预测遥远的未来。流体力学有这么一种现象，就是小尺度范围内发生的事儿可能剧烈地影响到大尺度的事儿，这就是"湍流"（turbulence）。科学家得出一个悲观的结论：世间的事情，本质上是你不可能提前很多天预测到的。世界本质上是非周期性的和不可预测的，但同时，世界上大多数地方在大多数情况下并不混乱。我们知道概率就是关键方法，目前科学家对复杂预测的操作方法是运用多个模型，给你一个预测的集合，发生各项的概率大概是多少，然后从那些概率出发，再去做决策。因为这就是目前我们能得到的最好的答案。

量子力学有两个让人难以接受的性质：一是"不确定性"，量子世界有内在的本质的不确定性；二是"非定域性"，波函数坍缩之前，一个电子的位置可以是空间中任何点，可你一旦在这里观测到它，其他地方的波函数瞬间变成零。

现在数学家已经证明，世间上只有两种几何学，要么是欧几里得几何的某种弯曲的变体，要么是分形几何，帕尔默（牛津大学物理学教授，《首要怀疑》是其新书）的不变集假设也是基于分形的。分形结构的层与层之间有缝隙。帕尔默认为，整个宇宙就是一个非线性动力系统，演化的过程是在一个有超多个维度的宇宙学状态空间之中进行的。宇宙的演化是吸引子上的一条轨道，而轨道是分形的结构：远看是一根线，放大看其实是一根绳子，绳子有无穷多根线，每根线也是一个分形，分形结构中间的那些缝隙，哪怕距离不变集再近，也是物理学不允许的，他想拯救量子力学。他的观点是，世间的一切，包括你的所思所想，都位于分形结构中精确的轨道上，都是早已安排好的。当然这安排是物理定律的安排，是早在宇宙诞生之初就安排好的。不过根据帕尔默的

确定性与不确定性

假说，宇宙"诞生"之前，宇宙就应该一直存在着。

那么面对世界，你得有两个选择（这也是哲学家思考的问题，科学家并不高明）：要么相信世界有内在的不确定性，粒子之间存在着超距作用；要么相信一切都已被数学确定，宇宙早已协商好我们的一切。

历史又回到起点，这让我想到《关系纠缠：换个维度看世界》中讲到的"有序和无序"，我们清楚地知道有这两种状态，却难以证明为什么会如此。

如果世界是混沌的，为何大多时候是有序进行的，至少从观察维度是这样的；如果是确定的，为何我们找不到更大尺度宇宙的规则？

有序与无序、确定与不确定，也许只是上苍给人类的一种娱乐手段，不想让你无聊。

（2023.3.6）

模型·偏见·工具

有的哲学家讲：世界没有真相，只有解释。那这种解释来自哪里呢？批判思维告诉我们是爱、立场、欲望、情绪、时代背景的限制。如果还要挖下去，人的立场，又来自哪里呢？自然是来自文明的影响和教育。而再往下挖，你会发现人的认知方式，最后都会推论到模型中来。前人所建立的理论，本质上讲都是一个模型，宇宙大爆炸也好，进化论也好，分子模型也好，人类的道德也好，法律也好，政治制度也好，语言也好，都是一个模型。

模型的建立，使人类文明有一个长足的进步。我们可以通过这个点状的结论来指导我们的生活和改造世界，看上去人类可以掌握这个世界。但面对复杂的混沌世界，模型最大的问题就是过于简单，使用范围有限，是把有限的结论用在无限的世界。如果只是学术研究探索还好，如果要简单地用到政治现实这种大尺度的现实，后果是难以想象的。这正是人类一些理想的整体设计，最后带来灾难性后果的原因。用狭隘的理论模型来指导我们的实践，正是偏见的根源所在。

笛卡尔讲：所有理论，都值得你去怀疑一遍。而现代人面对众多理论，根本没那么多时间去解构、还原当时结论产生的前提和假说。那么该怎么办呢？唯一的办法是将前人的结论当作一种假说、一种工具，也仅仅是一种工具而已，你得用多个理论和方法去交叉论证，然后用自己的逻辑和理性去评判，总之有工具比没工具强，运用好工具而不迷信工具。

最近看沈弈斐的《什么样的爱值得勇敢一次》，很受启发。过去研究大都从个体认知、相处的技巧、亲密关系的模型出发来谈论婚姻，而她却站在另一个维度，从两种婚姻观、两种模型冲突中来发现问题。传统的婚姻模型是缘分，是以过日子为标准，是爱情旧脚本，本质上是家庭主义，是般配，比如门当户对、八字相合，是角色分工，是集体主义，所以爱不爱并不影响婚姻关系，而能不能过下去才是关键，最后到白头偕老。现代婚姻模型是爱情新脚本，是个人主义的，两性关系的出发点不再是家庭利益最大化，而是个人利益最大化，爱情和婚姻强调的是个体感受到快乐和幸福，结婚让我过得好，我才结婚，强调的是"你还爱不爱我"。今天的婚姻是两个模型在打架，我们既要原来的模型，又要现在的模型，这是不可能的。

今年面对人口老龄化问题，各类专家大发特发议论，政府似乎也受到影响。这些议论大多是用原有的思维模型和认知来看问题。如什么是老年人？原来的人口模型，人平均预期只能活到六七十岁，现在是接近八十岁，那为什么不可以将七十岁以后再定义为老年呢？这样全国就少了两亿老年人。事实上，六十岁到七十岁正是人生的黄金时代。人口减少也不一定是坏事情，别忘了美国只有两亿多人，新中国成立时只有五点四亿人。

比如我们常常受宏观经济学的理论模型影响，凯恩斯的理论各国政府很是受用，大量印钱，投资这样那样没有收益的项目，以至于地方政府债台高筑，难以为继。我们有没有想过这种理论本质是错的。我们把一个错误的理论当成信仰，只会越来越麻烦。

比如管理学有个结论，一个人一般只能管理八到十个人，很多管理者就拿来指导实践。其实一个人可以管理几十人，也可以管理一二个人，需要分行业而论。这分明是个伪命题，正因为是专家的管理理论，便当成了真理。

比如医学中的平均人思维。什么高血压、高血糖这一类，常常把平均作为标准指数，哪里知道，人与人差别甚大，作为医学参考当然可以，但作为标准，就可能有大量误诊。

模型，真是一个让人又爱又恨的东西，离开它，我们几乎无从认知世界；运用它，我们可能偏离航线。所以大学教育中，批判思维、独立判断、逻辑，是何等重要！

认识复杂世界，理解复杂世界，不迷信理论，才是正确的态度。

（2023.2.14）

经济增长的再认识

每年我们都会得到一些 GDP 增长多少多少的数据,大家也习惯了投资、出口、消费这些词汇。宏观经济的概念被各种图表证明。可我们想过没有,所有这些数据,会不会是片面的表层现象?换一个角度看,我们看待世界经济的模型是否是一种偏见的表现呢?

经济史学家公认人类大体上免于饥饿、匮乏和瘟疫,主要在工业革命以后,就如历史学家艾瑞克·霍布斯鲍姆(Eric Hobsbawm)在《革命的年代:1789—1848》中说的:"工业革命是人类第一次打破增长的天花板,摆脱农业社会的循环。"也就是说,工业革命以前,人类反复掉入饥饿、匮乏和瘟疫的陷阱,从来没有真正爬出来过。诺贝尔经济学奖得主安格斯·迪顿(Angus Stewart Deaton)在《逃离不平等》中讲的也是过去两百年人类是怎样从这个循环中逃离出来的。一般来说,经济学家们认为全要素生产率的来源,主要是技术进步。用索洛模型可以分成两个部分：第一部分增长来自劳动者获得与其技能匹配的资本量这个过程，第二部分增长来自全要素生产率提升，主要是技术进步。

只是大多数经济学家的思维方式是一种线性思维，而人类社会是一个复杂的网络系统，用一两个元素的模型来解决问题不过是为了满足经济学家写论文的需要，是不能解决现实问题的。所谓的免于饥饿与匮乏也只是指西方发达国家而言，中国人是到20世纪80年代才真正吃上饭，非洲就不好说了。在人类系统里，各种关系纠缠，不断重复演化，一部分国家占有某种优势（比如战争、技术进步）成为发达国家，而另外一些则成为金字塔的底部。

有人认为，中国的崛起，可能是运气好的原因（这会让很多人不舒服）。当年美苏对抗，美国帮助日本崛起、亚洲四小龙崛起；中美恢复了关系，中国进一步融入世界经济体系。同时中国改革计划经济模式，以巨大的热情投身到历史的潮流之中，得到大量的资本和技术。加入WTO让中国走向高速发展之路，加上美国产业调整，把制造业大量转入中国，中国成为生产链、产业链的中坚力量。城市化、内需、打破二元城乡结构等，使中国四十年得以高速成长。并且近二十年，美国由于自身的困境（"9·11"事件、2008年金融危机），让中国成长赢得了时间。当然，中国国内以经济建设为中心，宽松的发展环境也功不可没。

但是这样的机会不会再有了，经济学家让·皮萨尼－费里（Jean Pisani-Ferry）认为："全社会都习惯了高增长这个念想，直到最后才不得不在现实面前放弃。"一旦发生集体观念的突然转向，经济往往就会剧烈下坠。这当中，政府总是要尽力阻止增速下滑，但这些努力往往成效甚微。接受放缓的事实，可能反而更好。

从微观层面看，如果你是个企业家，你能保证你的企业永远以百分之六的速度增长吗？事实上，在所有上市公司里，这个比例不到百分之二。如果你是个人的话，你家的收入能保证按百分之六的速度增长吗？不能，这其中还要扣除物价上涨的部分。有人会说互联网企业增长不是每年百分之三十的速度吗？那只是"好运气"而已，这种速度早晚会降下来。同时互联网对其他行业的冲击，让很多的行业破产，很多的人失业。科技和增长没有因果关系，并只对一部分人有用。

在一个网络系统里，各种关系纠缠在一起（在经济领域主要包括商业链条和供应链条），一个行业的变迁和高歌猛进，可能会伤害网络系统。当然也有技术进步让人类经济整体前进的时代，人类发明了电，第二次工业革命就达到这样的目的。全人类在第二次工业革命中受益，但信息革命却不一定。技术增长对网络系统整体的作用并不总向我们的预期方向发展。

在某些政治家眼里，经济从来都不是人类社会网络的中心要素，权力和秩序才是。在那些政治家看来，民众的财富只要达到维持基本保障，不形成对社会网络、权力金字塔破坏的程度就可以了。当然，经济的增长标志着更多的税收，使国家拥有更多的财富，可以拥有更优良的军队，更好维持国家秩序。在科学家眼里，对未知世界的探索才是他们的目的和意义。在宗教人士眼里，对信仰的坚持、世界观的传播才是他们的使命。在古代中国文人心目中，修身、齐家、拥抱天下才是他们的追求，他们追求的是生命的意义。

在我看来，GDP这些数字基本没什么意义，还不如看看肉价涨了多少、账上还有多少钱、可以干点什么有用。如果你是一个专业人士，有很多行业数据供你参考，如果你想再上一个台阶，建议你站在人类网络系统关系纠缠的角度来看待经济。

作为普通老百姓，记住"家有余粮，心中不慌"的道理就可以了。过日子，并不需要那么多财富。想不明白的事交给其他人，做人要现实。

（2020.2.16）

悼念文庙、武庙

不过一百年的折腾,我们民族就忘掉了自己一些宝贵的东西,文庙就是一个。我们随处可见佛寺,可不知在哪里去寻文庙,那个承载中国人精神家园的地方。有人讲文庙不就是孔庙吗?当然是的,但今天曲阜的孔庙只是个纪念孔子的地方了。这些年的国学热,只不过是传统文化在匆忙世界的一个投射,背背《论语》《三字经》而已,又有多少人记得孔子的"天下为公"的大同理想、德政礼治的政治理想、始于孝亲的仁爱思想、富民足食的经济思想、中正不倚的中庸思想?我们常讲文化自信,又有多少人知道我们文化的精髓?

文庙因为主祭孔子而又被称为孔庙,周敬王四十一年(前479年),孔子逝世,弟子们守丧结束后,有的在墓旁安家,有的住进孔子原来的家中。他们不仅以孔子居堂为家,还在这里祭祀孔子,后因以为庙。这就是中国第一庙,世界上最古老的博物馆,曲阜孔庙。

东汉永兴元年(153年),桓帝下令修建孔庙,派孔和为守庙官,"立碑于庙"。经过汉末战乱,孔庙荒废,黄初二年(221年),曹丕下诏在鲁郡"修起旧庙"。西晋、东晋,庙宇荒残,庭院寥落。东魏兴和元年(539年)曾修缮孔庙,庙中雕塑孔子圣像,旁边塑起他十位弟子像,是为孔庙有塑像之始。唐、宋时期,孔庙修建有十余次。唐高祖诏令国子监设立孔庙,唐太宗要求各州、县也必须建孔子庙。宋真宗天禧二年(1018年),大修孔庙,扩大旧制。明代重修扩建孔庙二十一次。清代共修缮孔庙十四次,规模最大的一次始于雍正二年(1724年),历时六年。

经过两千年的发展,孔庙祭祀成为一种包含仪注、音乐、歌章、舞蹈等要素的规模庞大而完整的官方祭祀仪式,孔庙祭祀成为中国传统社会国之大祭。

孔子曾把人分为五等,庸人、士人、君子、贤人、圣人。圣人指道德修养高,人品操守完美的人。在思想文化领域真正被尊奉为"圣人"的只有六人,元圣周公、至圣孔子、复圣颜子、宗圣曾子、述圣子思、亚圣孟子。在孔子庙里,孔子居中,颜子、曾子、子思、孟子列为四配。于是,孔庙圣殿里五位圣人连同十二哲与历代先贤,便成为历代士人效法的典范。如曾国藩的座右铭即为:"不为圣贤,便为禽兽,莫问收获,但问耕耘。"

从唐代到1919年孔子弟子及儒家圣贤同时从祀孔庙成为定制,人数多达172位,孔庙从祀人物最终分成几个等级,依次是四配、十二哲和历代先贤、先儒。从祀人物可分为配享、配祀、从祀三个位阶。十二哲唯一不是孔子弟子的是朱熹。

孔庙成为传统中国历代知识精英魂牵梦绕之地,是他们的精神家园。从很早的时候起,中国就有了立功、立言、立德"三不朽"的观念,中国士人去世后能够在孔庙中从祀,这自然是无上的荣耀。这样一来,便真正名垂青史了。

传统中国学堂大多与孔庙结合,此即所谓"庙学合一"。形成了"庙中有学,学中设庙"的格局。贞观四年(630年),唐太宗下诏"州、县学皆作孔子庙",从此"州县莫不有学,则凡学莫不有先圣之庙矣",庙是学的信仰中心,学是庙的存在依据。

古代大凡建立新的王朝,或新皇帝登基,除了祭天、祭祖之外,一定会祭祀孔子。孔庙祭祀象征其统治得到了孔子的认可,表明文化道统上的正当性。士人阶层把孔庙看作自己的精神家园,并想透过孔庙所象征的文化力量来制衡、考核统治阶级的作为,表达知识分子积极入世的政治情怀,昭示了生命之外的另一种存在,比肉身更长久,比个体的存在

悼念文庙、武庙

更永恒的力量。

时间到了近代,"五四"一批人,是那么叛逆,是那么决绝。就拿鲁迅来讲吧,1936年走的时候在《死》这篇文章中写下几条遗嘱:"忘了我,管自己生活。""孩子长大,倘无才能,可寻点小事情过活,万不可去做空头文学家或美术家。""别人应许给你的事物,不可当真。"鲁迅至死都在呐喊、在思考。

我们这一代人,受鲁迅影响甚大,细想起来,鲁迅的理想,不正是儒家的立功、立德、立言吗?在他心目中打倒一个旧的社会,就会产生一个新世界,鲁迅三十岁时正是民国建立,他看到的又是怎样一个国家?站在千年的时光来看,清末民初只是一段插曲而已。秩序的建立,民族的复兴,不过是时代各种要素的纠缠,跟文化可能真没什么关系。还记得"中学为体,西学为用",一个自信的民族是需要自己的"体"的,否则何来文化自信?但这个"体"又不是原来的"体",它应该有所吸收,有所发展,只是"根"还是那个"根"。

何为中国,何为中国人?有些事总要有人去做,于是准备花三年时间,写一本叫《精神中国》的书,不讲什么道理,只想概括列举一些代表中国精神的人物,看能不能从这些人物身上找回中国的精神,作为生于斯,长于斯的人,也好给历史一个交代吧。

在中国人的精神世界里,尚武也是重要的组成部分,这一点可以从武庙中得到证明。武庙,全称武成王庙(又称武成庙、太公庙、太公尚父庙),用来祭祀姜太公以及历代良将。唐朝开元年间(713—741年)比照文庙祭祀体系,始设十哲配祀。唐肃宗上元初年(760年),封姜太公为武成王。至宋代逐渐成熟,与文庙对应(元朝继续以姜太公为武庙主神,从祀只留十人)。明朝洪武年间废武庙,至清供关羽的关公庙叫武庙,民国时合祀关羽、岳飞的关岳庙也叫武庙。

以唐为例,十哲为张良、田穰苴、孙武、吴起、乐毅、白起、韩信、诸葛亮、李靖、李勣。唐建中三年(782年),诏使馆考定可配享者达六十四人,我们熟悉的廉颇、韩信、李广、霍去病、周亚夫、卫青、关羽、周瑜等皆在此列。

举几个有意思的例子,在越南的武庙里面,一共供奉了十八位名将,其中六位是越南古人,而其余十二位则全是中国古人,姜太公、孙武、管仲、司马穰苴、张良、韩信、诸葛亮、李靖、郭子仪、李晟、岳飞、徐达。中国的军神被越南祭祀,足见朝贡体系的影响。

有意思的是,慕容恪也位列其中,与华夏在朝名将同享官方祭典,而慕容氏的前燕政权一直被传统史家视为胡族僭

悼念文庙、武庙

伪政权。公元338年棘城之战,十七岁的慕容恪率两千骑兵大败后赵皇帝十万大军;公元341年,二十岁的慕容恪大败高句丽;公元344年,二十三岁的慕容恪攻灭鲜卑宇文部;二十五岁灭扶余国;三十岁时生擒名将冉闵进而统一河北。若不是天不假年,英年早逝,历史或许会改写。慕容恪后世子孙名将辈出,七世孙慕容绍宗为东魏名将,八世孙慕容三藏为北齐到隋朝时期名将,后裔子孙慕容廷钊为北宋名将。

香港文武庙是香港最著名的庙宇之一,位于维多利亚峰北麓的文武庙正殿供奉着武帝关帝圣君(关羽)和文帝文昌君,每支塔香的中间都悬挂着一幅红色布条,上面写着进香香客的姓名和愿望。香客多为商界、金融界人士和望子成龙的父母。

武庙也在发展之中,明朝末期,明朝皇帝独尊关羽为武庙主神,设立关羽庙,北京城在明末就有百所。万历年间(1573—1620年),关羽还被封为"协天大帝""义烈真君""关圣帝君",主要是"忠""义""仁""勇"得到历代皇帝的认同,后人评介关羽"学尊孔孟,志在春秋,固儒教之圣人也"。雍正八年(1730年),关羽被追封为武圣,关兴与周仓从祀。与孔子的文庙并列,合称文武庙。

关羽成为财神则是另外一个故事。中国民间信仰有一个特点,叫"惟灵是信",这就是中国传统文化的实用主义。老百姓觉得关羽"灵"是因为他很好地完成了他作为神的最初职责——守护盐池。关羽出生在解县（山西省），解县产盐，因为他是本地武将，当地人请求加封守护神，宋徽宗就给了关羽爵位，于是成了盐池守护神。万历年间黄河治水，当地人祭拜关羽，事成便建了关羽庙。官员在其他地方治水，大家齐心协力，事成又建关羽庙。

赞助修建关羽庙的商人是晋商，晋商信奉关羽，是因为关羽是山西人。晋商是靠贩盐发家的，商人前往各地经商，都会祈求关公守护，生意成功之后，就会修建关公庙，祭祀关公。这样关帝庙就建到了全国，关羽便成了商业的守护神。

在传统中国，"义"是非血缘关系的人之间产生信任的基础。无论是商业社会还是民间帮派（清代天地会、民国的袍哥），都把关帝当作组织内部的最高信仰，"义"成了"信"的前提。山西商帮的信条：义中取利，信誉第一。为了维护自己的信誉，有时候宁可在经济上受到损失，这就是社会责任。当这种信仰逐渐叠加的时候，就会吸引越来越庞大的人群，而"义"的人格化身关羽，就成了所有处于这种社会关系的人的共同信仰。

回到文庙、武庙的话题，回到中国人的精神世界，回到文化自信的初衷，回到中国人的道德底层逻辑，"仁义礼智信"，千百年来，祖宗留下的好东西，我们该怎样面对？我们

悼念文庙、武庙

常常讲，我们有五千多年的文明，我们该如何传承？如果没有传统的价值观，我们又如何与其他族群区分？

商朝尚武，周朝尚文，世界秩序从来都是文武之道。只有强大才能有更多的话语权，从来没有恩赐的权利，只有争取的权利，力量的对比是最后的筹码。

（2022.7.27）

陶渊明们留下的

人类文明秩序无非两大类：一是传统历史自然演化，博弈中产生的社会等级秩序；二是现代社会由于受工业设计思想影响所产生的人为秩序（美国模式、苏俄模式、法西斯模式等）。在传统知识分子看来，自然秩序是天道，他们在乎的不过是个人命运在自然等级秩序中的位置、竞争、舒适度。

从官本位来看，陶渊明、嵇康、李白、苏东坡等人无疑是失败者，但从精神文化价值来看，他们又活出了自己的精彩。本质上讲儒释道给了每个中国文人一个精神出处。儒家讲的进则天下退则田园，孔子当年也有不跟权贵玩了，想出海的想法，还问弟子们谁愿意跟着出海去。道家不讲当不当官，只要健康长寿就好，成仙是最高的奋斗目标。佛家讲"空即是色，色即是空"，没什么关系，好好修身就好。总之，在东方文化中，在精神层面有各种理论建构，每个人都能找到生命的价值，这才是最要紧的。命运是不能改变的，可以改变的是对待命运的态度，古人早就活得很明白。

陶渊明

　　陶渊明不是一个人，而是一千多年来一群知识者的精神领袖，一群走不通仕途者的榜样，一群走过一段仕途，半途主动或被动选择放弃者的精神指引者。

　　陶渊明，字元亮，又名潜，东晋末至南朝宋初浔阳柴桑人。祖上也是名门，曾祖父封过大司马，祖父父亲也曾经是太守，母亲也是名士孟嘉之女，只是父亲早亡，家道中落。一段曲折之后，先是在刘裕麾下当了一名参军，后又跳槽到建威将军刘敬宣手下做参军，再度辞职后，回到家乡。面临家徒四壁，而家人要吃饭、孩子要上学、自己爱喝酒的困境，就找叔叔陶夔帮忙，担任了彭泽县令。三个月后，督邮来检查公务，要穿正装，备好礼恭恭敬敬迎接。陶渊明本是见过大世面的人，我连桓玄、刘裕都不愿意伺候，岂能为五斗米折腰？于是挥笔写下了一封"辞职信"："归去来兮，田园将芜胡不归？既自以心为形役，奚惆怅而独悲？悟已往之不谏，知来者之可追……富贵非吾愿，帝乡不可期……"（《归去来兮辞》）

　　不羡富贵，不羡仙，只想清闲生活、踏青游玩，在田里种庄稼，或者登山狂啸伴着流水作赋，岂不快哉？

回农村二次创业，不是什么"乡村振兴计划"，日子过得也很苦，但陶渊明是个"网红"："方宅十余亩，草屋八九间。""户庭无尘杂，虚室有余闲。""种豆南山下，草盛豆苗稀。"网红就是网红，有很多粉丝，特别是那些又想当官，又想自由的人，自然是羡慕不已，不上班，还有酒喝，不为金钱名利，只为取悦自己。"采菊东篱下，悠然见南山。山气日夕佳，飞鸟相与还。"但真实的日子如何，只有陶渊明自己知道。那些粉丝就像大城市的白领，面临着房贷没还完，孩子要上学，老婆买东西等"琐事"，即便有职场的潜规则，钩心斗角，也难有勇气放弃眼前的苟且。越是得不到的就越羡慕，于是有了"网红"陶渊明。

陶渊明慢慢地真活在自己的乌托邦中，写下了著名的《桃花源记》"土地平旷，屋舍俨然，有良田、美池、桑竹之属。阡陌交通，鸡犬相闻……"他在心中建造了一座与世隔绝的桃花源。也许有可能是真的，那些徽派的建筑，那些衣冠南渡，在大山中落脚的家族建起的乡村，都有桃花源的模样。

陶渊明成为中国精神的一个代表，首先是自我意识觉醒，在群体文化的时代这是难能可贵的，不为五斗米折腰是个人意志的表现，选择极简的生活方式是自我的一种态度，承载着老庄的思想。忙时耕种，闲时饮酒，平时闲静，古朴淡远，以品交友。苏轼说陶渊明："欲仕则仕，不以求之为嫌；欲隐则隐，不以去之为高；饥则扣门而乞食，饱则鸡黍以迎客。古今贤之，贵其真也。"陶渊明一生豪行，正是一个"真"字。

纵大风大浪，不喜不惧，选择自己命运，回归自然，回归田园，安贫乐道，此人生之境界也。

嵇 康

说到嵇康，便让人想到阮籍、山涛、向秀、阮咸、王戎、刘伶，这七个人都是贵族，常常在嵇康的山阳别墅旁的竹林地聚会，被后人称为"竹林七贤"。平时他们主要是饮酒和清谈，探讨哲学问题（主要是老庄）、声律音乐问题、宅屋吉凶等。其实他们并非一个地方的人，年龄相差也挺大，最后的人生归宿也不相同，他们怎么聚在一起的，也让人难得其解。

嵇康凭父兄地位，更加上"幼有奇才，博览无所不见"（《文选·琴赋》），少年得志，成为沛王曹林的孙女婿，拜中散大夫（一种荣誉性的散官）。当时司马氏正自立门户，嵇康则终日养性服食，弹琴咏诗，高谈玄理，成为"竹林七贤"的核心人物。山涛多次出来做官，嵇康骂了他，并写下了著名的《与山巨源绝交书》。司马氏后将嵇康下狱，没想到三千名太学生上书，请以为师。本来是想营救嵇康，没想到反而促使司马昭仓促下令处死了嵇康。

最为精彩的是，嵇康临刑之日，表现从容镇静，还弹了一曲《广陵散》，叹息"广陵散于是绝矣"。嵇康的文章也确实是好，其论文《声无哀乐论》《养生论》，赋《琴赋》，诗《兄秀才公穆入军赠诗十九首》都是名篇。

作为游走在权力边缘的群体，狂放的背后，到底是何种心态，值得去考量。

冯友兰评价嵇康"越名教而任自然"，天真烂漫、率性而作、思想清楚、逻辑性强、审美卓越。这种文化也成为魏晋名士的时尚，成为中国文人史上的一种标志，魏晋风骨，成为艺术家锲而不舍去表现的意象。

作为儒家文化的叛逆者，为什么成为中国精神的一部分？我想无非是"独立之精神，自由之思想"。合作入仕是一种选择，不合作则是另一种选择，中国文人从来不是权利的奴隶，他们有自己的选择。这种品质在历代文人身上都能看到，他们有自己忠诚的目标，有自己的操守和理想。他们之所以那么有名，跟他们的文章有关，他们的文章都是千古名篇。他们之所以被后人记住，或许跟他们成群而聚也有一定关系。西方一个流派，一批名人，也往往是结群而作的。

知识者，大都是为名为利的，能当官自然是心向往之。相比之下，"竹林七贤"真有些风骨，被历史记住也有必然的道理。他们身上的贵族气质，不仅仅是因为财富，更是因为有一种纯粹的精神品质。他们用另一种方式构建了君子之气。

李　白

说到李白，没有一个中国人不知道，这可比那些帝王将相名气大得多。"弃我去者，昨日之日不可留；乱我心者，今日之日多烦忧。"（《宣州谢朓楼饯别校书叔云》）"十步杀一人，千里不留行。事了拂衣去，深藏身与名。"（《侠客行》）"人生得意须尽欢，莫使金樽空对月。天生我材必有用，千金散尽还复来。"（《将进酒·君不见》）"生者为过客，死者为归人。天地一逆旅，同悲万古尘。"（《拟古十二首》）中国人谁不能背诵几首李白的诗？

李白是一个有梦想的人，他一生都在筑梦，并一直努力去实践。现实自然是不给力，商人家庭出身，不通过科举想出将入相，自然不可能。这使得他十分不解、不平、不甘，于是嘲弄世人的诗歌脱口而出，令人侧目。好在大唐是极为开明的，皇帝唐玄宗，也不计较。李白像堂吉诃德一样，活在古代世界，借用苏秦、张仪、范蠡、屈原、李斯、李广等诸多侠客、义士、纵横家、政治家、爱国者发声，"男儿穷通当有时"（《笑歌行》）。这种气质成就了一个伟大的诗人，而不是政治家。出身平民，在帝王身边干了两年，整日烂醉，还被"赐金放还"，不可不谓是最好的结局。

后来误入永王璘的贼船，可见不是通晓大局之人，说明政治上不成熟、不老辣、不世故，结局是必然的。

李白的一生是饱满的一生，而且给人以出其不意之困惑。他有夸父逐日的豪迈，有愚公移山的执着，有手刃数人拂袖而去，"千里不留行"，"不逾一年，散金三十余万"来接济落魄公子的大气，有在虎视眈眈下为友人离世恸哭不已的真诚，有"令龙巾拭吐，御手调羹，贵妃捧砚，力士脱靴"的狂妄，还能与百姓亲热，帮他们还债，为他们写诗，给他们歌唱。在他心中哪有什么天子、百姓？哪有什么富贵贫穷？活脱脱一个藐视俗世的形象。

余秋雨说：李白永远让人感到惊讶。……他一生都在惊讶山水、惊讶人性、惊讶自己，这使他变得非常天真……其实以我们今天的格局来看，那个盛世、那种天才当然是惊讶，只有在那样的盛世，才会有李白这样气质的人。他能求仙问道，与日月同光；任侠仗义，纵横四海，守死于危难；抱出将入相之梦，来到帝王身边，而能拥抱自由、人格独立、高迈不羁、饮歌自在、激情四射。李白这种人格装饰了大唐的画面，大唐这种盛世成就了李白的风采。

如果说陶渊明虚设了个桃花源，那么李白则是活在桃花源。一个时代成就一种气质，包容一种气质，陶渊明是"逃"，嵇康是"避"，李白是"演"。

中国文化和中国精神中从来都不只有老实种地的农民，父慈子孝的帝王和士大夫，也有李白这样天马行空、自由自在、浪漫的诗人。浪漫如诗一样的气质，是中国文化的重要组成部分。中国是一个追求美的国度，至少曾经是。

苏东坡

人生缘何不快乐，只因未读苏东坡，乐观是苏东坡的人格特质。同前面几位老哥比较，相同之处在仕途都不如意，又都能活出人生的风采。这么一类人，好好活，活出精彩，哪管东西南北风？只要红烧肉，美酒在肚中。

不知为何，中国科举要考诗歌。诗人和政治家的特质可能真的有冲突，苏东坡是真性情，难以做到外圆内方，经常不分场合激情喷涌，无所顾忌。或是迂腐，或是偏执可爱，或许因为宽松的政治气氛（明清以后几乎不再有），总之狂放不羁、大大咧咧。一个文化名人，又有政治主见，自然不受待见。王安石推行新政时，上疏反对，当面指责宋神宗"求治太急,听言太广,进人太锐"。行正道,直言,可能是文人的风骨,然圆滑世故何尝不是文人的悲哀。王安石下台,司马光执政全面否定新法,谁知苏东坡又坚决反对。直来直去,当面质问司马光,所以又一次被贬到杭州。(也算大家都是君子所为,仅为贬官而已)或许是官场失意,成就了诗人,排挤、诬陷、打击、报复使他悲愤,悲愤让他写出佳作,佳作流芳百世。代价是一而再再而三地被流放到蛮荒之地。

苏东坡用诗人的眼光真性情地看待人与事,他太浪漫、太天真、太容易动情,从不琢磨别人,活在自己的精神世界里,也不考虑被人算计。

他一生写作几千首诗、几百首词、几百篇散文书信,还擅长书法,与黄庭坚、米芾、蔡襄并称四大家,绘画也是一绝。

苏东坡是一个资深吃货,肉食主义者,贬到哪,吃到哪,一生近五十首诗与吃有关,荔枝、槟榔、杨梅、鲫鱼、鲈鱼、江豚、猪肉、羊蝎子,以及各种野生动物都一一提及。事业不顺,一定不影响吃、不影响喝酒和游山玩水。"风卷飞花自入帷,一樽遥想破愁眉。泥深厌听鸡头鹘,酒浅欣尝牛尾狸。"(《送牛尾狸与徐使君》,徐使君猷是他的哥们黄州太守)"烹煎杂鸡鹜,爪距漫槎牙。"(《食雉》)提起苏东坡,怎能不提东坡肉?"黄州好猪肉,价贱如泥土。贵者不肯吃,贫者不解煮。"(《猪肉颂》)足见当时的经济颇为富足。

四川人苏东坡，真是天才人物。欧阳修感叹，"读轼书，不觉汗出，快哉快哉！"豪放与柔情兼备："人有悲欢离合，月有阴晴圆缺。""大江东去，浪淘尽，千古风流人物。""十年生死两茫茫，不思量，自难忘。"

难能可贵的是苏东坡还和百姓打得火热，治洪涝、抗旱灾、疏通西湖、发展农事、兴学堂，这在士大夫阶层实属少有。虽然官场不如意，但江湖兄弟甚多，加上名气甚大，才华横溢，粉丝众多，日子过得也算相当不错。

苏东坡比李白要内敛许多，李白有大唐的奔腾，东坡有宋朝的优雅。如果说李白是把生命活得淋漓尽致，那东坡则是自得其乐。相隔三四百年的两个人，都极有人格魅力，让人喜欢得很。中国人的精神，从来都不是宗教上的，而是活脱脱的世俗的。李白经历过"安史之乱"，在体制之外，大起大落，苏东坡则是在盛世体制内，微波荡漾。

不知何故，后来历史上难再见陶渊明、嵇康、李白、苏东坡之类人物，有才华的甚多，有风骨的甚少。是因为土壤环境的变迁，还是因为物种的演化？

（2022.8.10）

失落的诗国

这一百年来，我们丢掉了太多老祖宗的东西，有些东西还可以慢慢找回来，比如儒学和中医，有的就真找不到了，比如诗歌。诗歌代表的是什么呢？是一个民族的审美能力，是一种表达美好心理体会的文学形式。最近办了一期唐诗欣赏活动，我心中的那种失落感特别强烈，甚觉可惜，有一种痛失灵魂的悲凉！

想想一千多年前的科举考试，为什么要考诗歌呢？因为那是一种传统，这正如法国的高考会考哲学一样。想想毛泽东如果不会写诗，我们哪里去寻找那豪迈的灵魂？实用主义真的很好，可如果把人都当成了工具，活在这世界上还有什么意思？如果满脑子满眼都只是物质和利益，那又把人安放在哪里，把灵魂安放在哪里？诗是和心灵的对话，无论是悲苦还是幸福，无论是登高还是怀古，无论是田园还是禅意。想一想整部中国史，如果没有了屈原、李白、杜甫和苏东坡，那是多么无趣的世界,那只会是一个记账本!想一想如果没有《红楼梦》,如果《红楼梦》中没有诗歌,会不会像今天某些文人的作品?

世界上那么多民族都能歌善舞,唯独不包括我们汉族!那形容盛世的歌舞升平又是从哪里来的呢?看看罗马帝国留下来的东西,那些几百年、上千年的教堂,为什么不一把火都烧了呢?烧了就进入现代社会?!干嘛还要文艺复兴?可笑得很。

我并不是讲古文比今文好。站在信息论的立场,现在的语言文字和科学素养更有利于精准的表达,但在艺术这一块,在对美的体会这一块,今文是无论如何也不能与古文相提并论的。试想想,有一个下午,你是选择去学习枯燥的理论或规范,还是更愿意去听听古琴、听听诗歌呢?现实的世界够无聊了,如果没有诗和远方,真有活够了的感觉。这不是我想要的生活,我想要的生活是每一天都好好地活。生命中的每一份美好,大自然中的每一滴秋雨、每一片落叶,我都要用心感受;每一幢古老的建筑,我都能体会到之中蕴涵的岁月的流变、沉淀的建筑主人的盛衰荣辱;一缕缕阳光亲吻过来,发黄的书签中透出的往昔的爱恨情仇,我也能深深体会。

岁月是用来品味的,生命是用来欣赏的,这样的日子不好吗?现实的世界很贫苦了,在心灵深处和陶渊明在一起,和苏东坡在一起不好吗?

世界是那么大,乱嚷嚷的,让他们去管吧,让他们去争吧。我只想关起门,搞一盘红烧肉,二两烧酒,和几个学生一起,唱上两曲,背诵几首唐诗……这样不好吗?

"阆中胜事可肠断,阆州城南天下稀。""阆苑千葩映玉宸,人间只有此花新。"阆中秋后的雨晨,该有另外一种风景吧,品味去!

（2022.10.8）

霜降，冬天的前奏

霜降是农历九月的节气。司掌霜雪的女神叫青女，"青女乃出，以降霜雪"，故九月又叫"青月"。《诗经·豳风·七月》有"七月流火，九月授衣"，"授衣"意为制备寒衣。暮秋已来，冬天将至。

在古人看来，霜，丧也，物遇之皆凋亡。霜为阴，露为阳，"阳气胜，则散为雨露；阴气胜，则凝为霜雪。"农谚有云："霜降无霜，来岁饥荒；霜降无霜，碓头无糠。"

霜降要补一补身体。吃兔子叫"迎霜兔"，闽南人则吃鸭子，补内虚，广西玉林人吃牛肉炒萝卜，泉州人吃柿子。

秋后问斩，方便犯人投生转世。代天行罚，一定要顺应四时。秋冬，万物肃杀蛰藏。运气好的，如李白、王勃，皇帝有大喜事，大赦天下，可留得一命，重得自主。

今年这个秋天，我倒喜欢，暖气阳光，俨然回到夏天。但看看今天的世界，难以高兴如初。三年来，企业艰难，世界时局不稳，和平受到挑战。

冬天的前奏，依稀还有金秋的狂欢。擅知未来，确也不是好事。暮年之时，等待春天；春日至时，已垂垂老矣。凡人之命，难以逆天，也不想如李清照那样"凄凄惨惨"，也无李白狂骄、庄子超然，还是学孔夫子的好，读书、教书、写书，不为天下，只求心安。

冬天的前奏，何须叹息春之盎然、夏之烈火、秋之丰盈？所有被注定要经历的，都需去经历。先苦后甜，先甜后苦，你别无选择。臣服，是对自己最大的慈悲。愤怒、失望只不过是情绪而已。要么冬眠以待来春，要么学大雁南飞，寻找栖居之地。飞上一万里又如何？雁在旅途，人在天涯。故乡是有家之地，无家之人到四海，四海皆为家。若有情，一草一木皆有情，地球都是故土。

冬天将至，万物枯黄，风流总被雨打风吹去。宋玉有云："悲哉，秋之为气也！萧瑟兮草木摇落而变衰。"少年时节读此诗，不过是佯作理解，而今却是"欲说还休"。去过南极之后，见证过漫漫极夜，再强的科考人员也多有抑郁。想想诺亚方舟，人类总是在惊慌、绝望、期待中轮回。过去总是对佛教的轮回观不当一回事，今日看来，虽然结论过于武断，但轮回总是有的吧。

冬天将至，想到杨慎的"滚滚长江东逝水，浪花淘尽英雄",有了一夜风云散,变换了时空的感慨。悲剧之美,在于无可奈何的震撼。希腊悲剧也罢,《三国演义》也罢,逃无可逃的主角必会剧终人散。喜剧和掌声只不过是在自欺与被欺之间,留得片刻欢乐。

冬天已至,过冬的寒衣准备好了吗?过冬的粮食准备好了吗?过冬的居所有了吗?过冬的心情准备好了吗?心情是最不重要的事,也是最容易实现的事。看清世界的真相,依然热爱生活。无所事事不正是道之所在吗?闲下来,喝酒、饮茶、听琴、赏雪。林语堂讲,"人生就像一波静淌的河流,不湍急。"如果要给自己选一个人生导师的话,孔子太累,还是林语堂好。快乐地活下去,不是没心没肺,而是乐天知命,幽默和趣味。想一想林的"有不为斋",再想一想他的一半有名、一半无名,一半忙、一半闲,一半有钱、一半无钱的中庸,想一想他的雪茄和烟斗。

放松下来,享受悠闲。不为财忙,不问天下。保持流浪汉特有的尊严和傲慢。尘世是唯一的天堂。我们要趁人生还未消逝,尽情地享受它。慢慢习惯吧!冬天也罢,春天也罢,喝酒的喝酒,吃肉的吃肉。

朋友,你呢?

(2022.10.23)

读书

为无用辩护

1933年,纳粹政府查抄了爱因斯坦在柏林的公寓,并悬赏10万马克通缉这个犹太人。当时,爱因斯坦在美国的普林斯顿研究所,爱因斯坦要求每年有3000美元的收入,弗莱克斯纳院长说,不行,如果只给你3000美元,全世界都会说我们在虐待爱因斯坦。结果年薪定在16000美金。于是在这所大学的研究所,每天到处都是喝咖啡和与人闲聊或思考的科学家。这些科学家不需要忙于写论文和上课,在普林斯顿研究所,没有各种行政委员会,没有例行公事。很多人责备院长弗莱克斯纳,认为他花巨资请来的科学家们,每天无所事事,做着毫无用处的事。弗莱克斯纳为此写了一篇文章——《无用知识的用处》。

时至今日,实用性还是我们评判某个大学、学院和研究机构存在价值的标准。在我看来,无须任何明确或暗含的实用性的评判,只要解放一代代人的灵魂,这个机构就足以获得肯定。无论这里的人们是否能为人类作出所谓的贡献。一首诗、一幅画、一部交响乐、一条数学公理、一个科学发现，这些成就本身就是大学、学院和研究机构存在的意义。我极力呼吁各位不要过于关注实用性概念，可能某些想法、研究会浪费金钱，但比金钱远远重要的是禁锢人思想的锁链被粉碎了，思想探索获得自由。人类真正的敌人，不是那些无畏且不可靠的思想家，无论他的思想是对还是错。人类真正的敌人，是那些试图为人类精神戴上枷锁，让我们不敢、不能展翅飞翔的人。

从短期来看，实用主义者并没有错，可以解决眼前的问题。但实用主义有一个大的麻烦，就是明天的问题、人类的问题、超越今天人类的认知的问题，没有人去研究。实用主义本质上是一种短视行为。而人类文明的每一次进步（如果有进步的话），都是由一群超越时代的人，敢于不考虑金钱、地位的人在创造。在今天社会大分工的前提下，我们能否更宽容地接纳这么一群人的存在？我们可以接纳生活在最底层的那些人的存在，我们可以理解为慈悲，那么作为人类的先行者，我们有何理由不包容这些人的存在？大学的使命是什么？不就是为了改造今天的机会吗？蔡元培讲"学术自由，兼容并包"，不正是讲人类文明需要有一大群人为未来去探路吗？可惜今天，我们依然看不到这样的环境存在。

为无用辩护

我给自己取名"无用先生",住的房子叫"无用斋"。本来有自嘲的意思,不为金钱、不为主义、不为名声,只得自在。只管耕耘,不管收获,看到古往今来,同路人并不少,也甚为欣慰。

站在物种的立场,人类除了金钱和交配,其他都是无用之用。但那些就是文明,试想一想,没有文明的人类,与动物何异?

换一个角度讲,人类为什么干什么都要有用?"有用"有那么重要吗?我高兴做无用的事,关别人什么事呢?人生几十年,可以讲我们大多数时间,都在干无用的事,不管是主动或被动。开会有用吗?不一定。学习音乐有用吗?不一定。下棋有用吗?没有。聊天有用吗?不一定。哲学有用吗?不一定。信仰有用吗?不一定。所以"有用"只是一个价值判断,而非事实判断。当一个人有车、有房、有食物、有配偶之后,其他事情都可以归纳为"无用"。那我需要请教的是:"有用"有什么意义呢?

每个人都在追求生命的意义,但追求生命意义的本质,不就是超越生存本能的目标吗?

有一个客观的事实就是,追求无用的东西的前提,是解决温饱问题。当你的温饱都得不到保障,你还要追求更高的东西,是很困难的。但这不是绝对的,活在精神世界的人,也可以有陶渊明之流。

我要为无用辩护，因为这是我的人生、我的选择。在我的字典里，尊严、荣誉、自由，比我的生命更为宝贵。你也可以选择你的人生，比如财富、权力。这没有什么错，只是我不喜欢。道不同，不相为谋。我们可以一起共事，但不会成为朋友，也不会成为知己。世界是宽容的，但我有我的标准和做人的原则。

我可以在我的无用斋里请一个所谓的达官贵人吃饭，但我的书房更适合那些清谈之流。我可以和每一个阶层的人交谈，但只为心灵相通的人而喜悦。人与人的气场是不一样的，人与人的味道也不相同。我不贪心能遇见你，一切皆随缘。

生在红尘之中，心有君子之道。为自己保留一片净土，一份安宁。走过万水千山，归来依然少年。爱过，恨过，忘记过，依然"一片冰心在玉壶"。愿天下好，愿别人好，愿自己顺心。不求闻达于诸侯，但求此生平安。

做个和而不同的君子，做个自得其乐的人，此生足矣！

（2022.11.15）

也谈读书

最近罗振宇出了本书，叫《阅读的方法》，前言讲这本书只有一个目标，让你乐于阅读。但罗振宇不明白的是人们为什么不爱阅读，今日有空，所以也来谈谈读书这事。

除了学校教育人们学的那点基础知识之外，人与人后天的差别还是巨大的。这让我想到用建筑物来作比较，普通的人可能只是一二层小洋房，而真正的专业人士可以是三百层的大厦，甚至是一座城市。看上去这些建筑的基本构建材料都是钢材和水泥，但是其构造、工艺、功用等差异巨大。这到底是怎么发生的呢？有一个基本的事实是，有的人大学毕业后基本不读书，而高手则是每年至少读一百本书。书籍是人类总体智慧的载体，只有站在全人类集体智慧的肩上，你才可能登堂入室。

今天是世界读书日，我有点小小建议和粗浅认识。

建构自己的知识体系

现代大学教育最大的问题是把所有的知识体系化,学科门类分成十六类之多,学生学到的东西都是支离破碎的。各国政府有意无意把人当成了工具而非目的,学生家长也把知识当成谋生的工具和阶层提升的依靠,从而忽略人之为人的价值和意义。这似乎是无法更改的事实,生活在这样的社会系统之中,一个优秀的人才应该逐步建构起自己的知识体系。别人的知识、网上的知识都不是你的知识,你得通过实践和学习去实现完成自己的知识大厦,形成自己的知识体系。有人形容学者有两类:一类像狐狸,懂得很多小道理;一类像刺猬,懂得一个大道理。你的知识体系建立也可以分成两类,要么建一个别墅群,要么建一个五百米高的大厦,这两者的路径是不一样的。

要建别墅群,你的知识面要足够宽,要建大厦,你的根基得足够深,这两点都需要几万小时才能完成,没读过几千本书的人不能称之为读书人。

选书的重要性

不同年龄、不同文化层次所读的书应该不同,所读书的难度系数也是不一样的。普通读者一般应该选择难度系数一般的书，比如你热爱历史，可以读一些简本，而不是去读《资治通鉴》。如果你热爱哲学，可以去读一些哲学史简本，而不是去读原著。传统社会也有"少不读《水浒》，老不读《三国》"的说法。《金瓶梅》这类书五十岁以后读，才会明白这是人的欲望的实验田，二十岁读就不太合适。

选书最好要有个导师，大学生选书之前要明白各个学科门类的关系，由于知识系统被人为划分为各个小的板块，你得初步明白人类所有知识体系的分类方法和根源。

选书要以自己已有知识基础为出发点，要以建构自己的知识大厦为目标来选书读书。以自己为出发点，我认为书有五类：一类是谋生的工具性书，比如会计、法律、计算机。二类是陶冶性情的书，比如诗歌、小说、音乐、美学等。三类是认识自我与人类社会的书，比如心理学、社会学、管理学、历史、地理、文化类读物。四类是智慧类的书，比如哲学。五类是娱乐类读物，比如时尚杂志、名人八卦。

批判思维和独立思考

人与人不同，作者的水平差距很大，畅销书也有很多是垃圾。历史长河中，即使是经典名著也有很多局限，读书不要像海绵一样，全部吸纳，而是要带着批判思维的眼光看待。作者与作品，你要像看待一个老朋友一样去看他想说什么？他的逻辑是什么？他的局限是什么？有些书也可以对比起来看，比如同一段历史，你可以看看史书怎么说？今天的学者怎么说？外国的学者怎么说？政治维度看、经济维度看、科技维度看、能量维度看、外交维度看、生命维度看、关系维度看，等等。最后你自己怎么看，你得学会独立思考，并且不要轻易下结论。哈佛大学一般在大学三年级时都要开设"批判思维"课程，而中国的大学则相对缺少这种思辨的传统，这是很可惜的事。我们只喜欢考试成绩好又听话的孩子，这是中国大学教育要改正的地方。

快读和精读

作为一个受过大学教育的人，应该学会判断一本书的含金量，书籍不过是信息的载体。我们经常用"有多少干货"来形容一个会议、一个讲座的内容，一本书也是一样，读一本书首先要看看前言，作者的核心思想是什么，他是怎样自圆其说的，他的书在同类书籍中是否是精品，你得像大众点评一样去打分。如果是精品，你可以先快速阅读，如果不能完全理解，再回过头来精读。特别要注意书的难度，不要选你根本读不懂的书，那会打击你学习的积极性，更不要读垃圾书，垃圾书读了还不如不读，有时候还会动摇你的判断。

学习的多样性

行万里路，读万卷书。学习不是只有读书一种方式，向优秀的人请教，与优秀的人为伍也是一种方法。互联网时代我们可以通过网络的方式看名师讲座、听书，通过知乎、百度去查询等。条条道路通罗马，还可以在工作中快速获得知识，提高自己吸收知识能量的效率，补充自己知识大树的养分。但同时要学会排除法，特别是网络中那些碎片的东西、错误的信息，你得像个质量检测员一样，把不合格的东西抛弃掉，你要运用好你的判断力，你得有一个自己的标准。

人类认知的局限和偏见

如果你是一个资深的学者，你得明白，人类所有知识总和其实也是有局限的。我们今天的知识大厦是建立在现代科学知识之上的，还需要进一步加强，而人类文明的演化是建构在传统路径之上的。人类作为智慧生命的历史并不长，在宇宙中还有我们人类根本无法理解解释的事实，比如暗物质、暗能量，我们还有很长的路要走。在很多学科门类中，我们带着深深的偏见。严格上讲，我们是用我们的这点有限的智慧来理解无限的世界，永远要有敬畏之心，而不要夜郎自大，我们还有很长的路要走，而且不能走偏。

（2022.4.23）

我们在爬哪座山？
——读戴维·布鲁克斯的《第二座山》

人的一生，总有些问题是回避不了的，在布鲁克斯看来，第一座山是关于"自我"的，上好学校，当成功的企业家、官员、科学家。总之希望自己越来越成功，越来越厉害，要实现自我、获得幸福。第二座山却是关于别人的，是关于"失去自我"，你为了别人，或者为了某个使命，而宁可失去自我。

第一座山，是没有尽头的，表现出来只是喜欢"成功人士"喜欢的东西，即使天天进步，也会有深深的不安全感，走着走着便会迷失。在现代社会这个讲求自我实现的年代，这种结果是必然的，感觉所拥有的还不够，那么就会被"不够"裹挟，然后越来越累。第一座山讲个人自由、讲独立、讲自我成长、讲获得。第二座山讲责任、承诺和亲密关系，讲互相信赖，讲忘掉自我，讲奉献，第二座山讲的不是以自己为中心，而是以别的东西为核心。布鲁克斯讲的第一座山追求的是幸福，第二座山得到的是喜悦。喜悦包括心流，是亲密的感情，是超越自我的感觉，是一种与万物融为一体的宗教般的体验，是一种道德。

要爬第二座山，也许是你经历人生低谷之后，如住过医院，进过监狱或到过火葬场之后，你忽然明白一些道理，给自己提出一个誓约，一份承诺，可以用生命去捍卫的承诺，是自己对自己的约束。

我发誓善待弱者！我发誓勇敢对抗强暴！我发誓为手无寸铁的人战斗！我发誓将对所爱至死不渝！誓约是无条件的。

心的最高追求是爱，是自己与他人或者与一项事业的融合。灵魂的要求是做正直的事，誓约就来自这里。誓约是不求回报的许诺，即使誓约可能会带给你痛苦，但誓约会给我们身份的认同，让我们生活连贯和自洽，誓约给了我们目标感，誓约让我们得到更高级的自由。不做什么的自由是低级的自由，做什么的自由是高级的自由。誓约还能让我们建立品格。

使命是一项等着你去做的事业，这个事业是长期的工作，你可能要投入一生的力量，你得跟它立一个誓约。你可以选择职业，但是你不能选择使命，你是被使命选择，你是被使命召唤。布鲁克斯说"美"的希腊语kalon，这个词原来与"召唤"有关，这个东西实在太美了，你感觉到它在召唤你。

我们在爬哪座山？——读戴维·布鲁克斯的《第二座山》

在这个过程中，人生必须经过反复打磨才能变得更加美好，而打磨的过程并不总是令人愉快，比如刻意要求你反复做自己做不好的事，如果没有那个誓约，你根本坚持不下去。

婚姻也是一种使命的召唤，不是你大脑想不想结婚的问题，而是你的心和灵魂觉得不得不结婚了。而维护婚姻，也是和某个使命现身一样，是改变自我的过程。婚姻是两人的关系，也是与每个人的自我之间的斗争。

所有亲密关系，大致可分为安全型、焦虑型、回避型三种。专家研究表明，大多数人都是选择跟自己同一类型的人结婚，而后两种类型失败的可能性就很大。你要想清楚你对这个人到底是哪种爱，朋友间的爱？激情之爱？无私的爱？崇拜的爱？要结婚这几种爱都有才行。婚姻是个人主义者的最严重危机，你所有的缺点都暴露在对方的火力之下。婚姻是对你的教育，婚姻能不能搞好取决于你愿不愿意被改变。良好的婚姻中，两个人必须都失去一部分自我，让位给婚姻关系，婚姻比个人重要，这就是美满婚姻的秘密。

如果你打算活个明白，想要认识世界，你要有一个知识誓约，这个誓约和使命，和婚姻一样，都要你既坚持又改变。什么时候尊重传统，什么时候大胆创新？什么时候向大师学习？什么时候坚持自己的看法？这可能是一个永恒的问题，这是一条攀登之路。智识给人的最大喜悦不是满足你的求知渴望，而是让你越来越渴望，让你学会渴望最好的东西。当你知道人类最高智识高度有多高的时候，你会对自己所在的高度非常不满意，但是只有这样，你才能成长。

第四个誓约是你在社会的立足。有的社会看似原始但是温暖，有的社会看似发达但是无情。个人主义把个人放在核心，一切以满足自我需求为佳。集体主义以集体为核心，个人是集体的一分子。布鲁克斯提到的"关系主义"介于二者之间，认为，个人既不是完美独立的，也不是没有自我的，而是一张互相连接的、温暖的、厚重的、充满魔力的誓约之网中的一个节点，关系主义把关系、誓约与心和灵魂的渴望放在核心。

依赖别人同时又被人依赖，才算在社会立足，才算是个人物，被跟你没有直接亲缘和组织关系的人依赖，才算大人物。在爬上第二座山的过程中，一边失去自我，一边找到自我。

（2020.2.5）

文字与文明

——读马丁·普克纳的《文字的力量》

有很多东西，因为太熟悉了反而忘了它本来的价值和意义。比如人民币，我们每天劳动所得换来的东西，以为就是价值本身，其实不过是一张纸而已，一张国家担保的凭证。文字，一种人类创造的符号，陪伴人类不过几千年而已。我们几乎忘了文字本身的意义，也就分不清文字与文明的关系了。细想起来，人类离开文字，几乎难以有所作为，比如，我们所有的概念，所有的理论，如果说没有符号媒介，那怎么去阐述呢？又如何去继承呢？我想没有文字的文明，大概还停留在原始文明阶段吧。事实上是文字再造了我们人类这个物种。

麦克卢汉认为：文字让我们的思维变得过于复杂。我们被自己创造出来的观念所异化，我们是自然界最聪明的物种，同时也是最擅长自寻烦恼的物种，这就是文字的力量。

我认为：文字是一种工具，也许其他物种也可以利用工具,也可以有简单的语言,但地球上没有其他生命会使用文字。系统的文字,也许只有几千年的历史,但有符号的历史可能有几十万年之久,表达和思考的需要,让人类走向了成熟之路,并同其他哺乳动物分离开来。我们大脑中的前额叶皮层是最后进化的部分,是不是可以说这部分负责运算和逻辑思维的大脑和文字符号有关?至少他们之间具有相关性,这样的推论当然需要科学家去证实。

不同的民族有不同的文字,不同的文字体现了不同族群的思维和对世界的认知。因纽特人对"爱"的表达有十几种形式,而欧洲人关于"牛肉"的词汇比中文要多得多。是不是可以这样理解:人类对世界的认知,需要一种媒介,而各民族都自行创造了这种媒介。类似的我们眼睛和狗的眼睛看到的不一样,我们的耳朵和狗的耳朵听到的声音也不一样。人类和狗,或其他动物都通过自己的生存法则,建立了符合自己需要的认知世界。当然,每一个物种看到的、听到的,都不是事物的全貌,比如红外线便是人眼看不到的,很多高频、低频的声音也是人听不到的,也许其他动物可以。

各民族之间不同的文字表达和书写方式,也塑造了不同的文明和民族性格。比如中国的"面子"和"圈子",在西方人理解中,很难有中国人那么深刻。另外,即使在同一文明

文字与文明——读马丁·普克纳的《文字的力量》

和民族内部不同人群的沟通交流也会有困难,就像中国古话:"秀才遇到兵,有理说不清。"一个只读书的人和混江湖社会的兵痞,各有各的逻辑和规则,自然谈不到一块去。想来孔子在诸侯争霸、礼崩乐坏的春秋时期不受重用也是很正常的事了。

中国的文字可以成为一种书法艺术。东方人习惯讲天人合一、天地相通,西方人则更注意细节和逻辑;东方人注重集体主义,西方人则正好相反;东方人喜欢熟人社会,西方人则更习惯于和陌生人交往;东方人讲究实用,西方人则喜欢创造一大批理论和原理。佛教当年传到中国,很多正规而高深的理论都被中国人抛弃了。中国人不喜欢把事情说得那么清楚,用心体会就行,西方人则是有一说一。

在全球文明的互相影响下,特别是两百年来,在西方文化强势的推动下,中国人选择了退让,退让不是失败,除非你自身文明真的毫无生存能力,一个开放的文明一定是吸纳世界精华的文明。客观上来讲,中华文明的确有一些不是之处,但绝不是一无是处,我们可以以苏联为师,可以以日本为师,也可以以美国为师,我们有开达的胸怀。"三人行,必有我师焉。"夫子早就教育过我们。我们同样可以以祖先为师,以历史为师。现状是,向西方学习我们没学好,自家的祖传功夫又失传了,这才是我们这个国家的问题所在。中国文化应该是一棵五千多年的参天巨树，这棵树的根深深地埋在九百六十多万平方公里的大地里，我们和生我们养我们的大地不可分割地融为一个整体。

这棵大树，必须建立新时期的"体"来解决现代的"用"，这个"体"只能靠我们自己来建，我们可以从自身文明中吸取智慧，可以向西方学习智慧，但必须自己当设计师，我们不能懒到把别人的东西搬过来，那只能是赝品、山寨货，真正强大的国家必须有真品。真正的自信，来自一种文明的自信，一种成为天下中心的自信，这需要理论的建构，需要智慧。

普克纳讲：文字的抽象能力就像个魔咒，让我们在"永恒""普世""终极"这些大词面前俯首称臣，这滋生了所谓"理性的谵妄"。我们变成了这样一个物种：仅仅因为观点不同就互相攻击，甚至彼此谋害。

我并不同意普克纳的观点，我们互相攻击，彼此谋害，并不是文字之过。文字只是一个工具，一个媒介。菜刀可以用来切菜，也可以用来伤人，互相攻击是物种世界的基本法则，能消灭的就必须消灭，不能消灭的只好妥协共生。从硬件上看，我们好像是一个物种，如果加上软件，人类早已分割成不同物种。人类之间的竞争关系，早已是物种与物种的关系。"我们"和"他们"之间的关系，这种结果会让人不习

文字与文明——读马丁·普克纳的《文字的力量》

惯（不愿认同），但人类的敌人，只能是另一类人类，而不是狮子。战斗是为了消灭，和平是因为妥协，在世界上，战斗与和平都是常态，无数的理论都可以证明这点。集中营不只德国才有，当年罗斯福总统把十多万日本人（美籍）也关进集中营，得到当时美国民众的高度认可。

书中讲，互联网之后，文字在信息中的权重度低了，而且会越来越低，这个趋势没人能够逆转，文字并不是一开始就有的，也不会永远存在下去。

我不同意这种观点，无数科学家、政治家、社会学者等专业人员不会同意的，人类的进步只会创造更多的概念、更多的词汇，对世界的理解也会更加深刻。要深刻理解这个世界，只靠图像是不可能的，它不符合人类进步的原则。未来可能出现两极分化：一部分是平庸的大众，靠音频和视频来满足生活需要，另一部分是孜孜以求的人们，他们会用更加精细的研究、更多文字概念来阐述这个世界。两种人群之间的距离会越来越大。比如，一个手机使用者，并不需要多少知识，但是整个手机系统背后的强大技术，却是由无数科学家创造性的劳动在支撑，世界似乎在慢慢被分割成两个部分，一个人要进入专业领域的难度越来越大，而作为一个普通人却越来越无知。

文明是什么？文字这种工具、这种媒介又是如何承载文明的？要说清楚之间关系，真不是一篇短文办得到的。这里只是一点心得体会而已。

（2020.2.11）

关于宗教

——读李林的《宗教学10讲》

几十年来，我到过许多国家，参观过上百个宗教场所，了解过一些宗教的历史，但骨子里对宗教的认识还停留在一个观察者的角度，就如同读史书一样，冷静得没有任何感情色彩。事实上，作为中国人的我对宗教的认识是带着偏见的，抱歉。

李林讲座中谈到人是意义的动物，而宗教呢，生产的就是意义。那么，人类为什么要追求意义呢？换一句话讲，人类为什么会选择宗教来制造意义？宗教是这么认为的，首先它处理一个至关重要的问题：死亡。死亡是人类面临的最终极的生存危机。同样，宗教让人们感到这个世界是可以理解的，从而获得一种安全感。最后，宗教让人类成为一个能够紧密合作的团体。也就是说，宗教帮助人类克服有限，解释世界，促进人类合作。所有的宗教都追求一个超出日常经验，超越世俗世界的东西。宗教用一个概念来描述它自己："超余"（The More，超出世俗世界）。

　　这样的解释，当然是对的。宗教自然有这些作用，但是这是原因还是结果？我们不能说鸦片可以治头痛，所以大地便创造了鸦片。我们理解的因果关系，事实上可能是错的，也可能只是个副产品。在所有人类演化的历史过程中，有用并不是解释存在的理由，就像文字符号一样。我认为：系统关系纠缠、能量流动和信息传递可以解释世间一切因果变化，宇宙系统、地球系统、人类系统都不过是这三个要素的结果。信息传递是关系纠缠、能量流动后的最后记录，是演化留下来的东西，是一种痕迹。蚂蚁和蜜蜂也是群居动物，它们应该有自己的信息传递方式，而人类刚好选择了文字。人类由于敬畏和恐惧选择了宗教，宗教的诞生可能不是人类有意创造的，不是通常所说的发明创造。如果人不是上帝创造的，正如人的基因不是自然界刻意的选择，那么它可能是个意外。而人类具有这种能力以后，后面的发展可能和当初设计就没什么关系了，正如今天的佛教和创立时相比已面目全非，天主教和早期基督教也不一样了。在原始部落时期，人类并不需要什么意义，直到某个时期，比如轴心文明时期的苏格拉底、孔子、老子总结开来，又被后人接受（当然原始宗教比轴心文明要早几千年），于是几千年传承下来，便成为今天的样子。

关于宗教——读李林的《宗教学10讲》

人类文明，离开了宗教可能什么都不是，这样的结论可能很武断，但用农业文明、工业文明、海洋文明来评价人类社会同样很武断。物质和意识，形而上和形而下本身就是一个整体，我们非要用机械思维加以分割，这本身就是一种方法论上的幼稚。就像物质不可能无限分割一样，有些东西分开了，就没有意义了。整体不等于局部之和，系统不是数学，系统纠缠是不可能被分割开来的，人类社会就是一个系统。一台没有软件的电脑毫无用处，同样我们也很难想象没有宗教和文字的人类社会。我们看待历史，不要只看到这样那样的国家，这样那样的工具，所谓的历史不过是人的历史，而人是具有某种宗教的人。

这么讲，并不是说宗教不可取代，事实上，从尼采讲"上帝死了"以后，人类就在不断发现新的替代品，我们知道的"威尔逊主义"就是一种替代品，我们创造的民族、国家是一种替代品，我们创造的自由、平等、人权等都是一种替代品。几百年来，没有一种替代品在真正意义上取代了宗教，最多是繁荣了我们的精神世界。人类社会为这种替代品付出了大量的代价。但是我们依然毫不犹豫地选择了信仰，不管是宗教还是其他思想信仰都是意义的一部分。我们没法再失去意义而活着，人类被锁死在"意义"的道路上。

当然，这世界上也有一群人除外，这群人有个共同的称号"抑郁症患者"，这群人是真的没有信仰了，也真的没有意义追求了，但是他们很痛苦，他们生不如死，他们想结束自己的生命。在普通人眼里，他们是病人，其实他们的硬件没任何问题，只是他们的软件中缺一个系统软件，没有这个系统软件，其他软件不会给他们带来乐趣，他们的大脑没有运行的动力，就像汽车的电瓶，没有电瓶，发动机无法打开。当然还有一种人没有宗教和信仰，那就是儿童，儿童在受社会影响以前，他们跟其他动物没什么分别，可爱且自得其乐。他们有一种自动系统，这种自动系统是大自然进化的结果，直到他们接受文字，接受宗教或社会系统教育。讨论一个群居动物的单独行为，没有什么实际意义，只要在人类社会生存，他将必然受到影响，最后成为一个社会人。

论宗教影响，我们汉民族是最为特殊的。《尚书》讲"皇天无亲，惟德是辅"，也就是讲上天允不允许你统治，不看你的血缘关系，只看重你有没有品德。孔子继承了周礼，而后世又继承了孔子学说。原来我简单地认为中国只是一个基于亲戚关系的社会秩序网络，事实上，中国文化中儒释道没法分开，三种力量，你中有我，我中有你，共同建构中国人的精神世界。这种形态，也是一种自然选择的结果，是演化的产物。

关于宗教——读李林的《宗教学10讲》

中国文化里的"德""天理",和西方的"道德"不是一个含义,西方的"道德"更强调理性,而中国的"德""天理"强调规则、秩序。从这个意义上讲,中国社会有更多的世俗情怀,中国文化更重视血缘的关系,先有家庭、家族,再有国家、天下。中国道教系统很多神仙都是人修炼变成的,而且神仙的世界跟人的社会网络关系一样,也可以同一般凡人结婚。

所以,有一些中国人要去理解其他宗教信仰的国家,可能会产生很多偏见,同样其他宗教信仰的国家的人对中国社会形态也会产生误会。这对中国要重新成为世界的中心将是一个很大的难题。分割世界的不只是国家和思想,还有宗教。不同宗教信仰的民族或国家难以和平相处,"非我族类,其心必异",人类之间的矛盾,除了利益之外,还有信仰。

人类到了现代,整体上进入一个世俗社会。科学出现以后,文艺复兴以后,宗教的作用向后大大地退缩。但并不是说,科学可以代替宗教,科学不能解决意义的问题,科学可以证伪,宗教只需要相信。无数伟大的科学家,都是有宗教信仰的。不管你证明什么,只要不相信,就跟他没什么关系。人们只相信他们觉得该相信的事物,就像人只能看到想看到的事物一样。宗教关乎信仰,在于信与不信;科学关乎事实,在于真与假。信仰只能和信仰冲突,科学只能和科学冲突。

信仰与科学，谁也不可能说服谁，也没必要说服谁。最好的办法是上帝的归上帝、恺撒的归恺撒。最好的结局其实不是排斥，而是吸纳。

从这个意义来讲，宗教不会消灭，它以自己的方式，以一种可贵的文化现象，长期存在于人类社会之中。当然在今天的世界上，各种意义系统进入了我们的文明世界，这让世界变得繁杂而多样。但是公正地讲：繁杂多样的精神产品，会让人更加没有安全感和确定感，结果是人类长时期的困惑和迷茫，这可能是我们没有想到的结果。现代人正在迷失生命的意义，而我们又是那么不甘心，于是我们每个人都得靠自己的力量去寻找，这让我们孤独而匆忙。在这个过程中，我们会很不幸福更没有喜悦。而我们还不知道为什么。

在一些人的认知中，宗教的价值，是为苦难赋予意义，让人在最极端的困境中，也能得到精神上的支撑。

书中举了一位德国神学家朋霍费尔（Dietrich Bonhoeffer）的故事。1943年朋霍费尔被关进集中营，在集中营面对着囚禁的生活和死亡威胁。他在信中却说，承受苦难的人能够比平常人更了解信仰的真谛。在这位神学家看来，承受苦难同样是培养和表达自身信仰的一种方式，因为耶稣就是曾经为了全人类而受难的。二战时期，无数中国将士都是抱着"杀身成仁"的决心走向战场，如果没有精神上的价值意义，谁

关于宗教——读李林的《宗教学10讲》

会选择死亡？

长期以来，人类并不能消灭苦难，但只要通过信仰，我们就会找到苦难的意义。从某种意义上讲，人类的生存跟意义有关。我们会为我们的家人、我们的国家献出生命，绝不是什么自私的基因，而是我们的选择。

爱情是一种信仰，名誉是一种信仰，忠诚是一种信仰，责任是一种信仰，道义是一种信仰，它们赋予我们生而为人的意义，赋予我们高贵的品质。

作为一个世俗世界的中国人，我向宗教致歉。如果世界上还有灵魂的话，那一定跟信仰有关。

（2020.2.13）

重新认识进化论
——读戴维·威尔逊的《生命视角：完成达尔文的革命》

威尔逊说：在演化中提高适应度是终极的，也是唯一的设计来源。……这些东西之所以是这样子的，是因为这个样子有利于拥有它们的生物存活繁衍到今天。不是这个样子的东西，很可能就存活不了。这就是自然选择思维。

威尔逊的话让我产生一些思考，并不是强大的物种就可以活下来，强大和有竞争力在某个维度里可能得到生存的优势，比如恐龙曾经是地球的霸王，在地球自身系统里，它们具有当然的生存优势。如果不是陨石撞击地球，造成地球气候剧变，可能后来就没有我们人类什么事了。恐龙所有的在地球生命系统的优势（比如体型等）在系统环境变化的情况下变成不可逆转的劣势。西班牙在16、17世纪拥有南美洲的银矿石，成为世界最富有的国家，他们用手中的白银交换中国的瓷器和茶叶并卖到欧洲。同时雇佣各国的工匠为他们建设城市和皇宫，组建世界最强大的海军。可是，不过一百

重新认识进化论——读戴维·威尔逊的《生命视角：完成达尔文的革命》

年就被英国人打败，而成为二流的国家。同样具有巨大资源（比如石油）的国家并没有一个成为世界强国。一些学者称之为"资源的诅咒"。

我理解的进化论是这样的：某个物种具有的某种优势，并不是这个物种演化生存的必然理由，有时甚至是一种"诅咒"。柯达公司当年在照相机行业里，也是恐龙一样的存在，在数字技术出现以后，巨大的优势变成了不可改变的劣势，直接导致柯达的破产。那么进化是随机性的吗？虽然偶然因素会改变事物发展变化的走向，但似乎有更重要的原因没让我们发现。

威尔逊有一个洞见叫作"群体选择"。好人可能会吃亏，但是一个由很多好人组成的族群，因为互相帮助的缘故，相对于一个由很多坏人组成的族群，就有更大的竞争力。好人群体有更大的生存繁衍机会，所以好人基因就得以流传。

我也有一个洞见：可能进化不是以个体为单位进行的，而是以族群为单位甚至可能是以系统为单位进化的。世界的本质是系统之间的纠缠，纠缠是以系统网络为基础的。

一个系统网络可能作为一个整体单位参与外部竞争，世界的演化可能是整个系统纠缠关系变化而形成的某种"态"。比如中美之间的竞争是以国与国之间的形态进行，中国在全球化的竞争中取得巨大回报，表现为每个中国人的财富取得巨大增长。企业取得商业上的成功，它的员工也会同时取得成功。又比如我们人体内拥有亿万菌群组成的"联合国"，我们人类在适应环境的变化中，我们体内的菌群也同步变化。在生命演化的过程中，不同的物种由于某种历史亲缘关系（或者是邻里关系）在整个物种竞争中整体得以演化。所以单一看待某个物种的进化可能是一种错误。

当然，在一个系统网络内部，所有物种的关系是一种相对稳定状态，构成某种食物链条，同时各自也在竞争中合作，也可能由于内部原因使系统崩溃。比如人体结构的细胞，应该算是一个设计精密的系统，各种细胞生产各种功能的器官，但是，这中间还是有叛逆者——癌细胞便是。自私的癌细胞通过伪装持续地生长，直到扩散到各个器官组织造成人的死亡。

内部系统也遵守关系纠缠的法则。以免疫系统为例，人体免疫系统需要在成长的过程中慢慢摸索，它需要从小就接受各种微生物的刺激，在不断的碰壁过程中学会分辨敌我，练习打击敌人、保护朋友的技艺。

世界的运转遵守着某种自然形成的秩序，在秩序受到打击的情况下，系统内的各个族群相应的演化而形成新的秩序，物种的变化也遵守同样的法则。

威尔逊还有一个洞见叫作"严格的灵活性"。成长需要正

重新认识进化论——读戴维·威尔逊的《生命视角：完成达尔文的革命》

确的环境信息输入。如中国学龄儿童的家长们正面临一场竞赛，一场愚蠢的竞赛：早教竞赛。三岁、四岁学英语，五岁学数学，早教剥夺了孩子的快乐，浪费了家长的时间和金钱。事实上，关于早教的问题已有科学的结论：就提高学习成绩来说，在最好的情况下，早教没用，在很多情况下，早教有害，早教是拔苗助长。大多数人都在做的事情不一定是对的事情。

"严格的灵活性"，成长的过程看似灵活，其实很严格。儿童发育的每一步，听觉、视觉，各种感知能力，都需要正确的环境信息输入，晚了不行，早了也不行。大脑的发育是讲顺序的，提前给一个不该给的刺激很可能让这时候该发育的东西发育不好。

威尔逊认为：文化和基因共同演化。过去学习进化论，认为进化只是大自然竞争的结果，好像与文化没有关系。但是我们错了，文化对演化的作用可能真的被低估了。基因决定我们的遗传，但是决定行为的不仅仅是基因，个体可以主动适应环境，而不被基因枷锁所限制。对经典进化论来讲"有意识的演化"是一种禁忌话题，一般认为演化是没有方向的，但威尔逊认为结合了文化，我们至少在一定程度上能干预自身的演化。举个例子来讲，两个同胞兄弟如果生活在两个宗教信仰完全不同的环境，他们的生活方式、感情表达、语言系统可能差别很大；如果分别被穷人和富人收养，分别给以关爱有别的照顾，他们也会产生不同的精神风貌。文化由我们人类自身创造，又深刻影响我们的行为。威尔逊认为在个人、群体和社会三者之间，真正站在基础性地位的不是个人，而是群体，你的首要身份不是自己，而是群体中的一员，如你的家庭、工作团队、组织等。而社会环境对你的影响则具有决定性。这让我想到中国"孟母三迁"的故事。

文化是人类经过数万年演化而形成的某种组织形态和价值取向，我们每个人不可能离开社会而单独生存。世间一切都是一种关系纠缠，一种能量的流动，而基因正是流动后的信息记录。

（2020.2.14）

深夜读书
——读翁贝托·艾柯的《丑的历史》

丑不应该是美的附庸，而是我们复杂人性的某个侧面。在中世纪的基督世界里，人们认为上帝创造的宇宙至善至美。经院哲学家们认为畸形和罪恶对整体的和谐有帮助，就像自然界的明暗对比。基督受难的形象总是浑身血污，面孔痛苦而扭曲，但越是如此，基督的神性之美就越深入人心。

艾柯写道，某些丑可能是一些好事的开始，比如动物产仔。并提出自然之丑是一种好丑的说法。认为丑也有善恶之分。塞万提斯的《堂吉诃德》写的是一位被丑化的落魄骑士，你能描述这种丑，给他定义吗？西班牙黄金时代的结束与骑士精神的消亡，又是谁之过？巴洛克艺术家，喜欢超乎寻常之物，探索暴力、死亡与恐惧的世界。他们对苍老的男女，苍白的尸体，满怀善意。对痛苦和皱纹的描写不再刻薄，而是充满了深深的同情。

在美学研究中，"崇高"一词的讨论，离不开恐怖、威胁、荒凉、痛苦这些有形或无形的丑,离开了,"崇高"就不可能产生。尼采把"崇高"定义为"将恐怖附着于艺术手段"。近代颓废主义的代表人物魏尔伦这样写道:"一切事情都已有人说过,一切快感都已有人试过,一饮而尽,只剩残渣。如今能做的事只剩纵身投入极度亢奋的想象带来的感官享受。"在那些前卫运动中,催生了以丑为名的新美学的典范。

说到美与丑,不得不谈论女人。翁贝托指出,女人的丑大概分为三种:外表的丑,不道德的丑,衰老的丑。在各种对女性的仇视中,最为典型的就是对女巫的指责。当年看到那些史料的时候,内心被深深地震撼了。成千上万的女性被烧死。把女性和猫联系在一起,代表着魔鬼。基督教不是一个崇尚人人相爱的宗教吗?是人性中什么样的恐惧和黑暗,编造了如此巨大的谎言?在他们看来,这种不道德的内在的丑恶,被视为信仰的薄弱和肉欲的泛滥。人们反过来将外表有瑕疵的女人默认为女巫。同时,神学家德尔图良认为"美貌的吸引力和出卖身体常常是同一回事"。以此为托词的猎杀活动深刻体现了人性的丑陋。在大多数文明里,都有女性代表不洁的说法,这背后是怎样一种认知偏见?这背后除了经济物质的不平等,还刻有怎样的人性逻辑?我们和他们,男人和女人。在大量的文学和绘画中,不断描绘情色以及死神般的女神。所有的这些,无不体现人性之恶。

深夜读书——读翁贝托·艾柯的《丑的历史》

说到丑，我们不得不谈论一个重要而熟悉的话题：媚俗。

媚俗来源于德文 KITSCH，最早出现于十九世纪下半叶，指的是庸俗的垃圾，而这种垃圾，被提供给想要快速而轻易地获得美感的人。叔本华讲，真正的艺术，应该超越意志的好恶，使事物成为被安静观赏的对象；而媚俗的事物，直接吸引人的意志，使观看者为之兴奋，这种兴奋抛弃了艺术的目标。媚俗的"艺术品"给人的审美体验是廉价的。媚俗有种虚妄的色彩，这种虚妄背后是伦理的罪恶。

这是一个很沉重的话题。媚俗可能在美学意义上有它的缺憾，但在人类现实世界，我们不能只有哲学家和美学家的声音。

作为普通的人，媚俗总好过什么都不在乎，至少在他们心目中，有对美好生活的向往。当然，传统中国文化元素中也有很多庸俗的东西，比如对富贵对皇权的向往，在美学追求上，向往复杂恢宏华丽。

从文化视觉来看，日本文化应该出自中华文化。在过去一千多年历史里，他们不断学习和改良中华文化，并且保留得很好。比如日本人对大自然无比尊重和敬畏，"素"和"假"这两个字就是日本人尊重自然的审美诠释。如果你去过日本，便知道不管是日本的茶道、花道，还是寺院、庭院都有一种朴素的感觉。这不正是从中国禅宗和田园文化改良而去的吗？只要你热爱中国的山水画，你就会明白这种文化的相似之处。

说到丑，我们不得不讨论另外一个话题：互联网。互联网使我们同别人有了更多更便捷的信息传递。我们每天可以从抖音和个人微信中看到那些被 PS 过的照片，那些真真假假的信息。我们以为我们在享受这一切。我们从来不反对快餐文化，但是我们也别忘了，我们正在失去的东西。

首先，我们失去对生命和亲密关系的理解。人性的特点是我们得来的东西太容易，便会轻易丢掉。我们中间很少有人再反复去读一本经典，我们被视频和图片包围，我们很少去发发呆，跟自己对话。深刻的理解需要慢慢的体验。

其次，网络放大了人性的恶。在这个网络世界，虚拟性让我们遵守的道德和尊严，在某些方面受到挑战，真诚的品质和美德变得更为重要。

说到丑和美，让我想到中国君子人格，做君子不做小人。两千多年前孔子就给中国道德下了定义："君子怀德""君子成人之美""君子周而不比""君子坦荡荡""君子中庸""君子不器"。或许我们需要人格的再造，国家也需要文化的复兴和再造。

（2020.2.18）

关系纠缠的边界意识

——读武志红的《自我的诞生》

在东方社会文明体系中,家是一个社会的基本单元。

中国儒家一直倡导以"孝"治家、以"德"治国,维持着一个文明的秩序。我们以血缘为纽带,把家庭、家族、国家联系在一起。地方官被称为"父母官",而皇帝又以对天下子民负责的态度管理天下。这中间自然有很多积极的意义,比如孟子所讲的做君王的要有做君王的样子,做臣子的要有做臣子的样子,道德的体系约束着每一个人。

时间推移到现代社会,中国受多元文明的影响,特别是经过长期战争和西方个人主义的影响,旧的文明再也回不去了,想要保护好自己的健康和幸福,就只有敞开胸怀,到各文明中去吸取营养一条路了。

"自我"是一个西方现代文明的符号,在东方价值系统里面,"自我"是不完全成立的。在东方每个人是讲"位置"的,人是由现实的身份关系界定的,如你是谁的儿子,你是谁的下级。稳定的关系结构，对应着稳定的责任和义务。城市化和人的自由流动带来了关系的流动，关系的流动影响着中国文化的根基。今天，每个人都以"自我"的身份来面对外部一切的不确定性。

武志红是一个心理咨询师，他看到的多是一个家庭和病人负面的能量场，却没有看到东方家庭关系中，互相依恋的积极正面的价值，比如互相支持，共同对抗岁月和死亡。但即使如此，我们也要承认其价值：从理性的维度承认东方家庭系统中的一部分缺失。

东方家庭是一个粘在一起、纠缠在一起的集合，其中最大的问题就是缺少边界意识，"我"和"我们"分不清，其中包括财产边界、心理边界、身体边界、地理边界等。

财产边界。武志红认为：不管是在家庭里，还是职业环境中，都不要轻易给别人共生感，更不要在金钱利益上真让对方觉得你们是一体的。财产必须有边界，成熟的人讲利益，幼稚的人讲情面。当然武志红有他的局限性，因为他是一个单身人士，也没体会到大家庭的温暖，但他的话有一部分正确，就是你的财富资源只能跟那些你的确愿意的人共享，你也必须要找到"好"人，大家在"德"的范畴内"共生"。依恋关系也须是一个健康的关系，现实世界中的确有兄弟之间、母子之间、夫妻之间互相侵蚀财产的行为，本质上是一种自

关系纠缠的边界意识——读武志红的《自我的诞生》

私的基因在起作用。在这种情况下，你必须站出来保护好自己的财产，否则就会不断地被侵蚀，最终你们的关系依然会走向破裂。因此，在你认可的范围内划分边界是一个不错的办法。

心理边界。孩子没有秘密就不会长大。当一个人特别爱窥视别人的隐私时，就意味着他在跨越对方的心理边界。过度坦诚意味着一个人彻底放弃了他的心理边界，而隐私感是最简单的心理边界。武志红认为，有些人有受害者情绪，"我"的痛苦感受是"你"这个坏人导致的。人应该是谁的感受谁负责。当然，如果是在两个成熟理性人之间的正常行为，武志红说得没错，但在依恋关系中，所有家庭成员对事物有一个道德评价和一定的范畴内的接纳，如果越过这个边界就会出现家庭破裂，也一定会带来亲人的痛苦。在家庭关系中，一个人对其他成员有一定的期待也是最正常的需求，难以做到谁的感受谁负责。做到了，也难以有幸福，因为幸福一定夹着责任。

身体边界。也就是讲我的身体我做主。这里武志红谈到一个心理学概念"躯体化"，指的是当一种情绪和情感不能够通过语言和行为自由表达出来时，就会通过身体表达出来。在关系中，表达心理层的"我"想拒绝"你"时，这种张力太大了，特别是"你"太脆弱的时候。武志红的意思是为了保护抽象意义的"我"就会委屈和伤害身体的"我"。积极的关系中应该主动表达"我愿意"或"我不愿意"。

地理边界。武志红认为如果你的地盘你不能做主,你就是别人的殖民地。

我是我,你是你,我们之间是有边界的,在黏稠的中国社会,这的确是一个挑战。但是,形成明确的边界意识,你才能守住自己的边界和利益,也能尊重别人的边界和利益。因为你失去自己的边界而不自知时,就是鼓励别人继续入侵你之时,最终的入侵就是剥夺你的一切。现实世界可能没这么严重,但至少会让你十分难受。

武志红针对边界提出两个解决办法,一个是进攻,一个是防御。

关于进攻,他讲了一个原因。沉溺在共生关系中的人,都在试图控制对方,让对方听自己的,按自己的意志来。而名义是我是这么爱你、我是这么辛苦、我是这么无助、我是你爸妈等,所以你要听我的。武志红认为这是一种在爱的名义下的霸凌,是一种控制和权利。你必须要让对方"疼",才能维护自己的利益。

防御的办法是自体心理学派的科胡特提出来的,不含敌意的坚决拒绝。当我们拒绝亲人时,要分清哪些是事实层面

关系纠缠的边界意识——读武志红的《自我的诞生》

的信息,哪些是情绪层面的信息。有如埃文斯在《不要用爱控制我》中说的,这是你的事,那是我的事,要有清醒的认识。我认为用不含敌意的坚决拒绝可能更适合中国社会的需要。

在复杂的中国社会里,各种关系纠缠在一起,处理好这种关系是相当困难的,并没有武志红说的那么简单。首先中国式的关系是分很多层面的,也就是有很多圈层,这些圈层是纠缠在一起的系统,所以处理中国式关系是一门很深的艺术。中国文化中也包括了含蓄的表达和留有余地的处理,中庸是中国文化中一个很高的境界,中国社会存留着多套价值哲学,古代的、现代的,不同人群、不同阶层等难以达成统一实用的标准。中国的君子人格要求的是严以律己、宽以待人、和而不同。

比较现实的价值观是:对人保持百分之九十的信任和百分之十的怀疑。对善良的人保持善良,对恶人保持恶意,如果恶人改变态度,依然可以接纳。守护自己的财富,但也要视钱财如工具,钱财不会给人带来幸福和喜悦,但会给人带来安全和尊重。守护自己的心灵,但要让心灵更加强大,要明白我们只是凡人,世界不会因我们而变,但我们可以在变化中找到永恒。爱是善之源、慈悲是善之源、宽容是善之源。用爱、用慈悲、用宽容对待天下苍生,当然也包括自己。不求永生只求安宁，不求功成名就只求做一个真实的自己，能懂得自己是谁，能懂得诸事不可强求。在灾难面前能自保。能和爱人一起痛苦和大笑，能和朋友一起把酒言欢。能在书房里抽烟，写点文字，看看古人的文章。能知进退、能明取舍、能懂得失、能分是非、能求心安。

（2020.4.22）

旅途印象

洱海·初二

不知为何,喜欢起独处。洱海岛上的青朴酒店格调总是有的,以为可以睡个好觉,没想到两点上床,五点也就醒了,外面只有大理稀稀的灯光,依旧闪亮着,海面一片漆黑,没有光过来,让人感受不到美丑。桌上有本周作人的《谈龙集》和蒋勋的《路上书》,只是没有可以写文章的铅笔和纸张,便独自热了些茶,点了根香,抽上香烟,想点心事。

我这半生忙忙碌碌,少有独处,总是在热闹中度过。年少时为了财富东奔西跑,后来便是教书、看书、写书,只是没有自己。过去的这一年也是如此,开会、应酬、团年,觉得只有在做事中才可以找到自己,不管喜不喜欢,委不委屈。

大年三十,一个人上了高铁,整整一个车厢只有自己,列车员过来提醒口罩没有戴好。望着窗外流动的山林,依旧没什么变化。回想到去年的春节,想去云南找回亲情和美味,找回故乡的感觉,只是失望而归,空空地带着惆怅。只是一年，这种感觉没有了，虽然还是一个人，虽然大理的故事还清楚地记起，一次次找到又走散，一次次拥有又背叛，洱海还是那个洱海，我却安宁下来，不去思念什么人了，不会想对和错了，所有的事在此刻发生，又在此刻放下，我依然是我，只是不再孤单。

家是什么呢？在哪里不是家呢？故乡是什么呢？整个地球不是故乡吗？情人是什么呢？每一个走进你生活的人不都是情人吗？只是淡淡的慈悲和友善，放下和拥有——那是一种超然的宁静，一种宗教般的宁静，一种绝对的自然产生的喜悦之情。财富、子嗣、爱情、学问只是一种贪念，我好像明白了其中的道理。在这个深夜，洱海依然没有光亮，我却不需要黎明了，我接受了没有光亮的岁月，那只是生活，单纯的生活，没有情绪的生活，既没感觉到自己的渺小，也没感觉到自己的伟大，我并不重要，世界也不重要，我们只是刚好在那里，生死也不重要，只是刚好活着或者死去，活着就满怀善念，死了就回归自然。

我们之所以那么累，只是想要的太多了，而过去我都是那样去做的，老天也给了我许多，这是一种恩赐，也是一种负担，拥有了就不想失去，失去了就想找回来，还想要更多。爱情也罢，财富也罢，都可能失去，只有学问是不会丢失的，对失去的恐惧便是一种累，背着太多的东西怎么会不累呢？

七点了,天还没亮,烟也没有了,只是还没有困意,有些饿了,酒店的早餐应该还没有开张,于是用手指扶着香,让气息流入鼻腔,那种感觉很奇妙。

　　写不下去了,就看会周作人吧,那个老朋友,一百年前的先生,想想如果他是我,如果我是他,又该如何呢?我们真的可以和在几千年历史里来来往往的某个人聊聊天,也许百年后,也有人读着我的书,想着同样的事。"江畔何人初见月?江月何年初照人?"人只要寻找都会有同类的,今世没有,前世也有。人真的不孤单,就算孤单也挺好,在这个安静、华丽的洱海之岸。

（2022.2.2）

金沙江·初三

攀枝花是个让我又爱又恨的城市。十年前准备在此接手一个地产项目，犹豫之余，算上一卦，不吉，果然项目运作非常不顺，心有戚戚。除此之外，攀枝花又让人神往，这里的阳光非重庆可比，群山一片金黄，红色的山峰有美国西部的味道。攀枝花的金沙江比起重庆的长江来，多少有些原始和纯朴，就像一个青涩的少年和一个油腻大叔的差距，正如看到十五岁的儿子和镜子中的自己。

晚上吃的是大铜火锅，比北京涮羊肉的铜锅大上一倍，里面装满了肉圆子、火腿、黑皮鸡肉，这是我的最爱。二十年前，重庆也有这种美食，只是体积小上一个型号，二十元一锅，装着肥肠、羊肉、牛肉，等等。同时还准备了一桌烧烤，那是全世界都有的爱好，土耳其的做法，朝鲜的吃法，与东北大街边的并没有太多区别，据说人类用火以后都是这么吃东西，香味让人难以抵抗。

酒过三巡，讲起儿时的故事。初三算是过年的最后一天，母亲会做碗面条，里面放些肉泥，然后认真地对我讲：这是年的结束，明天就没有肉了。果然，初四又过起朴素的生活：玉米饭加上土豆。所以总觉得过年的时光太短，期盼着早日长大，能自己挣钱，可以吃上美味，穿上新衣。长大有钱之后，才发现童年有童年的快乐，没心没肺其实也挺好。

我是喜欢攀枝花的，这里讲哪里的方言都可以听得懂，通行语言是普通话。五十多年前，北京、上海人都来到这里，共同建成这座城市，为了一个共同的目标"三线建设"，他们的后代也有留在这里的。和重庆一样，这里也不排外，炼钢停止后，青山绿水，四季阳光，只是人口大量外迁，并不热闹。

历史上攀枝花对中央王朝来讲十分遥远，明朝朱元璋曾经派兵驻防，据说当时驻防全国边疆的人有一百五十万之多，算得上一次大的移民。朝廷官兵在驻地娶妻生子，男耕女织，共建家园，日子也算自在。我也是大移民的后代，我的祖上也是从湖北麻城迁往四川的。

据《史记·五帝本纪》记载，黄帝次子昌意降居若水（攀枝花），生下颛顼，这里也算是帝王出生之地。《尚书》也讲当地人参加过武王伐纣，如此看来，当地人还参加过革命，算是周王朝的建国功臣。想到中华民族并非只是中原大地汉人一家，便更生几分敬意。

据说南诏的段王爷也来过这里，蒙古人通过青藏高原南下，通过此地灭了南诏，包围南宋。想想重庆的钓鱼岛，那些改变历史的抗元故事，真的是滚滚长江东逝水，浪花淘尽英雄，一代代人，生生死死，一个个王朝兴衰难料。

安静的金沙江，只是平淡地承载着这里的一切，不悲不喜。想到苏东坡的《念奴娇·赤壁怀古》，周郎等人又算什么？人类的野心比起万古的山河真是可笑，可叹！原打算放一个许愿瓶从这里漂流到重庆，蓦然间发现自己也是庸人一个，便就此作罢。项目里那点输赢只当是笑话谈资，不值一提，便更加喜欢上这个地方，更理解了古人对天地万物的崇拜。我们有些自以为是，自命不凡了。

好好活着，能看看攀枝花的阳光，奔流而过的金沙江、雅砻江，再想想阴冷的重庆，就会明白这都是老天最大的恩赐，其余都是贪念。夜深了，有支烟，有杯茶，何其快哉！

（2022.2.6）

邛海·初五·八卦

自驾三小时到了西昌，脑海里全是西昌纷繁的历史，相传蒙古人拜藏传佛教为国教，拜八思巴为帝师，西藏正式列为中国疆域，便在此地；之后是民国刘文辉治下的西康省，刘文辉和刘湘的恩怨；刘文辉如何率部起义成为国家林业部部长，……学历史的人的毛病，总爱看你的前世今生。

沿着邛海走了两三个小时，比较着邛海和洱海的差别，邛海有点宋玉笔下的"萧瑟兮草木摇落而变衰"的感觉，洱海则有些霸气，所谓苍山雪，洱海狂，真英雄。如果比作女人，则一个是林黛玉，一个是李清照。

晚上八点，来了只烤猪，十八九斤，很有些味道。大家并没有多少言语，我便八卦起飞机上坐同一排的男同如何手拉手，气氛马上热闹，大家纷纷聊起身边的见闻，多有理解之意，但落在自己家庭和子女身上则坚决反对，看来政治正确和知行合一并非易事。

我不善言辞，也不善八卦，但也喜欢热闹。酒桌上如有人天南海北，也落得安静坐着，不论对错，带头鼓掌和配合着微笑。遗憾的是大多数人既无故事，也无见解，多是平庸之辈，大多是些升官、发财、女人之事。酒色财气，人之根本，还是要道出些别样的味道才好。安心观察定能判断此人大概性格特征，官拜何职，兴趣爱好，自我感觉，修为几何。

于是便爱喝茶，单独聊天，一壶好茶，有些慢生活的体验。偶见高手，便是喜出望外，惺惺相惜；平常柴米油盐、人情世故也喜接纳；最怕话不投机或者心情不悦，难以调和。

人过五十，喜欢调适自己，以便与人同频。明星八卦、足球、篮球、琴棋书画、权力纷争、男女之别、职场风云、孩子教育，总要找到一处，方便闲谈。

如遇内向之人，先问职业，从职业中找出好奇点，深入进去，打开话匣，三百六十行，各有各自门道，也有收获。社交八卦非人类专属，黑猩猩、鸟儿都有相互讨好的习惯。群居动物自然要互相帮忙，建立秩序。自视甚高只会活得清苦，怀才不遇只说明并无大才，只是偏激。

性的话题，男女通用，学习外语最能记住的便是粗口，互联网直播多起于色相，规范之后才百花齐放。世俗趣味自然是百姓热闹，阳春白雪，曲高和寡，鄙视链条从古到今不曾减退。想想当年俄罗斯的宫廷通行法语，中世纪的大学授课用拉丁文，想想铂金包、豪车、豪房、名画、美女、钻戒、名校，无不是炫耀消费。

人无不向往更高阶层，本性使然。当然事有例外，托尔斯泰则觉得世间该有平等，不想去当贵族，那是他早已身为贵族不以为然，如果出身农奴，还是会觉得当贵族才好。

中国有士阶层，更为天下苍天，造福人类，正如清教徒的无私之爱，那是一种道德自觉，但《儒林外史》里也有蝇营狗苟、百态人生。

世俗社会，诗书传家，耕读传家，名门望族并无不可。秩序世界平稳有序，阶层流动，科举与商业，所有玩法看破不说破。

睡了一觉，又沿海步行，望着灰色的天空，枯黄的芦苇，海面上游动的野鸭，清风过脸，并无寒意，看来青山绿水多有效果。只是随行几个孩子很少步行，一路走来，显得疲惫，不知他们心中又有何解？明日上班，早九晚五，回归城市，按部就班。

（2022.2.5）

大竹林·初九·放生·入侵

大鱼大肉之后的日子，自然是大吐大泻。两天下来，只能按时去医院上班，老老实实地待在大竹林的家静养，无聊之余写点文字，打发时光。于是便想到放生，一些善男信女的习惯。

记得前年的某个时候，一个朋友请来西藏的高僧，一番仪式之后，早上六点，奔向江边，找到船夫，船开往江心，将千个鲤鱼投入江中，此中花费近两万元。朋友之事，多能理解，弘扬佛法，不杀生，求平安。但万事纷繁，有些事岂是人力所能为？人如果只在这个阶段，倒也自在。但要知道巴西龟等是入侵物种，随意放生可能会造成一物旺而万物死的结果，此非初心。

地球之上，万千物种。一升海水中病毒的数量，比人类总数还多。更别说细菌、昆虫，所有生命皆来自演化，难找前世今生。人类的那点事，多是"自娱自乐"，每个人的构成，不过也是一个系统。所有的物种本来各安天命，自求多福，可人类这物种，有个毛病，总想作为上帝，幻想解构世界，无数笑话，便也产生。

舞毒蛾事件便是其一。美国南北战争时期，全球棉花原料危机，一个博物学家找到舞毒蛾，以为可以用舞毒蛾的丝来代替棉花，结果是不但没有拯救纺织业，还严重破坏生态，舞毒蛾的幼虫危害着300多种树木。后来美国政府又以毒攻毒，将它的天敌寄生蝇投放到森林中，结果更糟糕，不但舞毒蛾没减少，寄生蝇反而又增加了，损失了大量的木材。杀虫剂DDT出现后，开始大面积喷洒，结果大家都知道了。直到环保作家蕾切尔·卡逊的《寂静的春天》出版，生态破坏的严重性，才引起各国的重视。

在人类文明自我演化中，这样的笑话挺多，只是直到今天也无反思。晚清那批知识分子为了救国，先是"师夷长技以治夷"，发现行不通，然后就要学习西方政体，打倒孔家店。有人还提出把汉字都废了，民国把春节也改了，结果如何，不言自明。

算算地球上的灾难多少是因为我们自负造成的？怕是要写成百科全书那么厚吧。人类执着于线性的因果思维，不明白系统复杂纠缠的关系，在所谓进步的旗帜下，满足的不过是私欲和野心。

活明白不等于躺平，活明白是知道敬畏，那是一份慈悲。内卷也不是什么新鲜事，我们困在一个小小的地球中，所有的物种不是都在内卷吗？人类作为高级一点的生命，是不是该给其他物种，其他生命一些空间呢？

科技带来的发展，会不会像入侵物种一样，造成对人类自身的伤害？不迷信生产力、GDP、财富的增长，可不可以？不要迷信那些第一性原则和盖棺定论的东西，"黑暗的中世纪"不是也有大学、骑士、城邦、信仰吗？大唐不是也有狂欢节吗？宋朝不是也玩女相扑吗？大明不是也玩麻将吗？鲜活的历史并非史书讲得清楚的。

活着，不是只为了上班，还得有些营养；美女，不是只有细腰，还有杨贵妃。对待这个世界我们不能只用眼睛去看，还得用心去理解。

有的人懂得很多道理，却过不好这一生。要知道，道理是死的，生活是活的。道理不是真理，只是在恰好的时候有用，良药用得不当也会变成毒药。生活就是过日子，是在一天天中产生，别人是别人的道理，你得有自己的道理。一个人安放好了自己的灵魂，也就安放好了自己的一生，不明白的地方就放下，也许是最简单的办法。你没能力修完所有的佛法，每天念念"阿弥陀佛"也挺好。

智慧是分好多种的，其中一种是天地，一种是自我。大多数人是走不到天地一层的，那就回到内心，只是要分别内心与欲望的区别，欲望只是本能，比如食色，内心则是慈悲，对自己、对别人、对天地。

想想我肚内的细菌兄弟，这次拉肚子，不知伤了你们几何？抓紧吃点益生菌补补，否则真的要造反了。

（2022.2.9）

重阳遇见阆中

虽说热爱历史，然而年轻时都是粗线条的阅读，全世界飞来飞去看了不少，得来的只是些照片和美食。安静下来以后，再见历史和名城已是日常生活的一部分了，而生活是需要慢下来品味的。一草一木都是有灵魂的，过去却感知不到，只知道是什么科什么目。清晨出去，下着丝丝寒雨，跟着导航找当地的特色牛肉面，走过凉清的巷道，石板路经岁月的踩踏坎坷不平，五块并列，暗含阴阳五行。古城很是讲究，阆中依然保存完好。古代从都城到地方，考虑的多是生活的需要，来水拒风，依江而建，或战争或耕耘或商业，都离不开人这个中心。

三面临江，后靠一山，自然是绝美的生活场景，两千年来人们生于斯、长于斯、安于斯。蜀汉时张飞在这里守护七年，因其个性，被部将所杀，善良的人们为之造冢建庙。在庙里我看到不同时期的将军们的心意，由此揣度人心，熊克武、田颂尧、……田颂尧是国民党军二十九军军长，匾上的"吾见刚者"四字即为田颂尧所写，书法中透出中正方圆，想来定是个儒将。

阆中的科举考场、文庙见证着中国伟大的科举制度，从民众中选拔官员，影响了千年后的西方文官制度。一个小小的阆中，唐宋二朝竟出了两次兄弟状元，可以想象那是怎样一个诗书传家的宝地。人们在这里耕作、经商、学习参加考试，名闻天下。杜甫、苏东坡应该来过此地，不然也不会有诗歌留存。

吃过早餐，回到房间，又蒙蒙睡去，梦见兄弟正下着象棋，母亲也还健在，自己也就二十开外，一大帮哥们兄弟大吃大喝，热闹得很。走出门外，又见当年心仪的姑娘，带着小孩过来。忽然被敲门声打断，才知是黄粱一梦！只想美美的不要醒来，在另一个平行世界。随后，才知今日为重阳佳节，那梦到母亲与兄弟也就不足为怪了。

中午去清真馆吃午餐，看见头戴白色小帽的回民，墙上的照片让我的思绪飘到敦煌和那些西域古国。旁边是红四方面军的住所，徐向前他们在这里住过一阵子。人来人往，多为过客，嘉陵江依然绿波清澈。想想亘古江山，风流总被风吹雨打去，不如让时间停下来，来古城溜达，安宁而静默，感受这份祥和与静谧的美丽。做文人的好处，是可以揽镜自鉴，印照内在的自己，劳累匆忙的江湖和功名，可以随时放下、停留。

下午又去看中天楼，在大街中心，四面有路，明白古人对中正的在乎。皇天后土，中庸之道，不偏不倚，凝聚着国人的审美追求和道德准则。只是今日之国人非传统之国人，难再有修齐治平的理想和情怀，君子之风少见。老百姓明白过日子最为要紧，吵吵闹闹让他们去吧，噪声终将过去。安宁如阆中，好好地活，慢慢地活，太淡了加点盐还有酸醋。用醋泡脚只有阆中人想得出来，泡脚有一条街，我想这中间多少有道理，或许只是让你不要匆忙，停留住自己的脚步，留住脚步就留住狂热的欲望，回到慢生活中来，让心不要走远。

知道风水学的人，没人不知道袁天罡和李淳风。古人敬畏天地，天文历法、风水运用为官学，并没有今日之神秘。他们留下的《推背图》不过是《易经》的运用，和今天的经济学家预测经济差不了太多。一个小小的阆中，能和两位大师结缘，足见其人杰地灵。仁者乐山、智者乐水，古人把山比喻为龙，水比喻为财，皆是中国人的信仰。刚到袁天罡的墓前，心里有些不适，或许是与这两大师有些心灵能量的沟通。尔后到了白塔，塔为佛教之物，亦为航标，守护着嘉陵江。远望去，三面江水围绕古城，如画中仙境，阆中真是世间少有。文庙、白塔和风水八卦,儒释道三家集于此地,见证中华的文脉传承。

傍晚去看滕王阁。滕王为李渊的第二十二子,李世民的兄弟,人品不佳,淫辱官妻,然擅享受,三次建楼,一次在山东滕州,一次在南昌,一次在阆中。然而岁月悠悠,一个滕王阁因王勃的一篇文章而天下闻名。一个风流哥给一个风流王子写赋,成就天下名楼,多少有些讽刺。王勃也是个传奇,十六岁为官,有才无德,为赢沛王李贤开心,因作《檄英王鸡》被逐出长安。

依山而上,滕王阁气质不凡,但皆为当代赝品,难有古人风采。回望阆中,却为精品。

中国古城不多,值得后人珍惜。秋雨已停,回渝忙俗事去也。

(2022.10.6)

菲律宾印象

以前去过几次菲律宾,只是当个观光客,度假而已,并不想融进去。这次则相反,很多东西勾起对历史的缅怀和敬重,或许是年龄的原因吧,人会慢慢谦卑下来。

马尼拉有个美军公墓,埋葬着一万多名在第二次世界大战中殉难的美军及盟军官兵,有将军也有士兵,他们的姓名镌刻在这里,整齐的十字架布满了整个墓坪。在我的印象里,国内这样的公墓云南腾冲有一个,埋葬着光复腾冲时牺牲的中国将士和美军将士,还有一些阵亡的日本兵。其间有一个纪念屋,我去的时候正在下雨,拍照时发现很多斜纹,心有所动,似乎是英灵的显现。在重庆北碚有张自忠将军的墓,万州有苏联飞行大队长库里申科的墓。

下午去了圣奥古斯丁教堂,菲律宾的大教堂和欧洲的风格不太相同,你能很容易感受到东西文化的交融,大门外有当地人送来的石狮。让我感兴趣的是有一台三米高的风琴，据说有三百年了，还能演奏。地板上刻着很多人的名字，墙上也有，这些应该是最早来到菲律宾的传教士和西班牙殖民者，在东方人的语境里，他们是一群不受欢迎的人，是殖民者。其实，任何物种都在寻找更多的生存空间，特别是那些传教士，他们可能真的为信仰而来，办学校，办医院，救助妇女和孤儿，干的也并不都是坏事。这边教会学校很多，大都是捐赠的，而且还有很多捐赠人从来没有来过这里。

菲律宾的有些历史，是和明朝郑和下西洋联系在一起的。1405年，郑和奉永乐皇帝诏书封福建人许柴佬为吕宋总督，统治吕宋二十年。1417年，苏禄三位国王率家眷三百四十人来北京朝见，其中东王不幸病逝并葬在中国。1521年，麦哲伦率领西班牙远征队到达菲律宾群岛。1565年，菲律宾沦为西班牙殖民地。20世纪初，成为美国殖民地。1942年，被日军占领。1946年，菲律宾独立。

五百年内，菲律宾就是用这样的方式融入现代文明体系，还拷贝了美国的政治制度。

华人华侨是一个很宽泛的概念，三四代以前的华人因为融入了当地社会，生儿育女，并不太认为和中国有太多关系。由于中国人的智慧和勤奋，老华侨在金融、电力等重大领域都有很大的发言权，其中人数最多的是福建人。新华侨则是这一二十年来到菲律宾创业的，一般主要做一些建筑工程、机械设备、餐厅之类，实力一般。在总体上菲律宾机会较多，法治环境较好，也不那么卷，大多发展得不错。

接待我们的人大多是朋友推荐的，新侨居多，很是热情、周到，迎来送往、喝酒聊天，往往宾客众多，当地官员也多有参与，并无任何压力。官员也多有自己的产业，穿着随意，聊天自然，并无太多优越之感，喝酒也很积极。只是交流时有许多麻烦，一会儿英语，一会儿当地语言，一会儿闽南语，对我这个英语不太好的人来讲，多少有些不自然，好在华侨朋友从中串联，气氛并不尴尬。

在菲律宾，企业老总们也有一个圈，时间长了，也能融入当地社会，交流通畅而坦率，并不过于客气。在菲律宾的商人身边大多有一两个保镖，据他们讲，这是必需的，社会阶层贫富差异很大，从东南亚其他国家过来的灰色产业不景气，有人就干起绑架的勾当，但很快就被政府处理了。

马尼拉的道路并不通畅，路面也不平整，电线杆有的还是木桩做的，各种电网让人看着很不安全。在菲律宾是全国禁烟的，执法力度不小，这让我这种有三十年烟瘾的人多少有些不适应。有意思的是有些中国餐厅和日本餐厅却可以抽烟，仿佛法外之地。大马尼拉地区由很多市、镇等组成，行车限号也各不相同，看来每个国家都有自己的规则。进酒店是要安检的，这个对我这种到处旅行的人早已习惯，发展中国家并不都很安全，保险些也好。要说安全，中国可以说是比欧洲、美国都要好。

听华侨朋友讲：这边的人很是热心选举。支持谁当总统、省长、市长很是重要，总统六年一届，不能连任，所以要长期发展，找到支持的对象很重要。有意思的是，菲律宾的法律很健全，在法律的制约中多有空间，大家都很自由。很多小事很严格，大事却常看到权力的影子，一帮人上台，一帮人下台，你都得小心注意。

菲律宾有七千多个小岛，面积约三十万平方公里，相当于我们一个省，一亿多人口，拥挤而资源紧张。电视、空调比国内贵多了，生活并不便宜，但是菲律宾人活得很从容，该休息休息，幸福指数很高。就是菲佣，到周末也会穿着礼服出去礼拜或约会，他们有他们所看重的东西。

说真的，我更喜欢杜马盖地这种小城市，人口只有十几万，是很好的度假、养老的胜地。我碰到一个兰州小伙子，云南某大学毕业，是一个潜水教练，只是三年来没有收入。据他讲，常常出去打鱼为生，偶尔还捡些废品卖钱，虽是辛苦，却也自在，晒得很黑，也很健谈，就像菲律宾当地人。

在杜马盖地，看见人们在天主教堂礼拜，礼拜完了再点燃蜡烛，和佛教寺庙一样，在这里看到东西文化融在一起。

老百姓似乎并不在乎讲解，只要能有所信仰便觉得可以了。教堂外有一个高塔。

在教堂的路边，有一个街头艺人，六十多岁，坐在地上演唱，配着当地的乐曲，似乎在述说当地的历史。也许人类远古的史诗都是被这样的艺人传唱，这让我想到印度的苦行僧人，仿佛与这个世界并无关系，只求心灵的救赎。

一周的菲律宾考察，匆忙而又印象深刻。它是一个欣欣向荣的国度，它是一个被殖民很久的国度，一个人口众多的国度，一个两极分化的国度，一个幸福指数很高的国度，它不同于印度，也不同于马来西亚、泰国和其他东南亚国家。历史就是这么有趣，它把传统和现代，东方和西方，落后和发达，民主和集权完美地组合在一起，没有违和之感。有时候你觉得在亚洲，有时候又觉得到了欧洲，你内心之中该如何消化这样的国度，那是另外一回事，你可以恨它，也可以爱它，但你不得不敬畏它。

这就是菲律宾，在地图上，南海的一旁。这里住着地球上多种族混合的后裔，他们开心又自在地生活着。

（2023.1.15）

马来西亚的华人

又有许久没动笔了,最近跑来跑去,北京、深圳、新加坡、马来西亚、成都,然后是这样那样的会议,处理学校一些事情。打牌、喝酒、交友,热闹得很。书房这个安静的空间里,桌上的植物开始发黄了。回望这一个月的匆忙,值得写下来的东西并不多,马来西亚的华人是唯一让我内心震动的焦点。

在马来西亚新山听到"华族"的概念,并不惊讶。中华民族,简称"华族",也算是马来西亚华人的创举。据介绍,他们在大清鸦片战争后来到这里。1844年,天猛公依布拉欣鼓励华人开港垦荒,种植甘蜜和胡椒,义兴公司领袖陈开顺领取港契,开发地不佬河港区,取名"陈厝港"。义兴公司1919年解散后,1922年成立南洋柔佛华侨公所,1946年更名为"中华公会",直至今日。

在纪念馆,你会看到"精诚团结"四个大字,无论福建人、海南人、潮州人，都团结在中华公会下。想想我们重庆的袍哥，还有青帮之类，更多是下层民众为了活下去、谋生存，才团结成帮会的。何况这些远在海外、流亡在东南亚的华人？他们依然心系祖国，儒家文化深入内心。大家都知道的，二战时的南侨机工，为中国抗战捐钱捐物，且死伤无数。在纪念馆中，你会看到孙中山的遗像和遗言"革命尚未成功，同志还须努力"；在建校一百年的宽柔中学，你会看到"礼义廉耻"几个大字，孔子像在学校的正中；在南方大学，我也看到了孔子像，心中多有触动。在校董们讲解时，听到的是他们共同的耕耘，坚持用中文上课，哪怕毕业生考不上国立大学，也绝不学马来文。学校是所有华人共同筹资兴建的，董事长款待我们只能用自己的钱。每个董事都有自己的生意，他们共同出钱来办这所学校而没有任何回报。相比之下，甚觉内疚。全体留影纪念是在孔子像下，炎炎烈日下全是正装站立。

马来西亚有多个"苏丹"，每五年轮流当国家元首。其中有两个苏丹还有自己的军队。这个从殖民体系中解放出来的国家，采用的是君主立宪政体，有选举组建的政府，也有加入进来的其他地盘，加上原有的九个苏丹国。马来西亚华人每有重大事情，都请苏丹皇族出席。可见中国的人情世故，多少有些无奈，我们难以想象个中辛酸。占马来西亚人口约百分之二十（六百万）的华人在很多地方并不享有同等的权利，只有在妥协和争取中得到生存。好在华人勤奋和低调，加上聪明，日子过得还富裕。

在新山遇见了当年清华同学，大家相聊甚欢。有从美国回来的，有从中国过去的，或喜欢马来西亚的风景和安宁，或为孩子读书，或为了生意，看到白发满头，不得不感慨岁月倥偬。喝酒之间都还是信心满满，胸有沟壑。通过引见，见到国内某房产公司的老总，他们想在这里建一座城，然世事无常，"森林城市"只见森林，不见人群。其中有签证的影响吧，心想在这里建一所大学是再好不过的。

新山离新加坡只不过一关之隔，一边是安宁，一边是热闹。新加坡的物价可比世界第一，而新山却不及其五分之一，可谓是一半是海水，一半是火焰。近年来中美脱钩、俄乌冲突……人们更喜欢平和中庸的新加坡，于是各国企业家纷纷涌入，财富也向这里聚合。新加坡成为亚洲金融中心已成为事实，租一个小两室每月也要四万人民币，在新山可以住上豪舍。三个人吃一顿包子，我去买单，五百元没有了。其实本地人消费并不高，坑的是外国人。内外有别，在哪里都一样。新加坡人常常过关到新山来购物、消费，早上一群太太送孩子上学后，过关来新山吃一顿海鲜，买满一车日用品回去，然后接孩子放学。

看到南方大学的树林里，有植树人的标牌——"拿督郭鹤尧局绅"。不明白"拿督"是何意，听人解释，才知是对有功于国家社会的人授予的勋衔，原来马来西亚华人有许多这样的乡绅贵族。在马来西亚，只有国家元首、各州苏丹和州元首才有权册封。"太平局绅"，就是对在教育方面有贡献的人的称呼，有点类似香港的"太平绅士"。

说到马来西亚的特产，当首推猫王山榴梿，吃了之后你会体会到水果之王的至尊口味！和菲律宾的榴梿相似，肉多骨少，比泰国的产品胜出太多，每年都有大量的新加坡人过来大吃一顿，哪怕车马劳顿。

马来西亚的燕窝也特别有名，按采集时间可分为白燕、毛燕和血燕，其中以金丝燕唾液的蛋白质的纯度和营养价值最高。另外马来西亚的锡产品和白咖啡也不错，白咖啡没有高温烘焙的焦苦酸涩，还有点拿铁奶香。手工蜡染布也不错，制成的服装、桌布、帽子，很有民族风格。除此之外，药材有东革阿里，滋补身体；千里追风油行销东南亚上百年；香水也很有名。

像很多的热带国家一样，丰富的资源是上苍的恩赐，天供天养也是老天的诅咒。出现人类高级文明的温带亚欧大陆，春夏秋冬分明，资源少，战争四起，文明却璀璨而繁华，看来得失之间，祸福不定。

回到生活中来,作为一个普通人,还是喜欢平平淡淡,到马来西亚生活也是不错的选择。如果还能在这里造一所大学,吸引东盟各国的游子,那真是此生之乐事。

夜深,烟完,茶尽,收笔!

英伦印象

一、海边小镇

到了伦敦机场已是下午七点。十一点多,我们租上一辆九座的中型轿车前往伊斯特本小镇,英国汽车的方向盘和行车道刚好和中国的相反。先到了一个小镇购买做饭的食材,跟着导引前行,正赶上高速路口关闭,为了找到新的路口,我们在小镇上徘徊转圈了两个小时,到达目的地已是清晨三点,又做饭宵夜,五点才入睡。

早上醒来,发现住的公寓就在海边,大海拍打着海岸,对面应该就是欧洲大陆,当年的诺曼人、日耳曼人、丹麦的维京人,是在这些海岸登陆、争夺这边的土地的吧?望着远方的大海,真有些悲壮和豪迈,大海用自己的方式记录和忘却人类的悲欢离合。

开车前往七姐妹白崖,路过一个山崖,虽是盛夏,凉风吹过神清气爽，眼前是一望无际的草地，野花盛开，仿佛进入童话之中，偶遇的游人友好地相互问候，孩子们在奔跑中感受着天地的喜悦。山崖边有把长椅，椅子上刻着纪念女王的文字，在休闲的长椅上刻字纪念，或许是他们的传统，他们用这种微观的方式纪念着他们的先人，无论是国王还是平民。

七姐妹白崖是当地有名的旅游胜地。人并不多，一对七十多岁的老夫妻开着古董汽车，一身自在衣装，令人印象深刻。沿着海岸线，百米高的白色崖壁如同被垂直切开，绵延数公里，挺拔险峻，气势恢宏，被称为英国的南大门。白崖是由白垩岩构成，主要成分是碳酸钙，至今一亿三千万年，在这里人们找到了灭绝两亿年的鱼龙化石，甚至还有恐龙的脚印。回乡的游子和士兵，远远地看到了白崖就看到了故乡。

第二天沿着海岸线从西向东，天下大雨，住进一个宁静乡村的石头小屋，开火做饭。

望着已经倒掉的城堡，感叹物是人非，座座废墟，述说着一个个的历史故事。这渴盼已久的行程，踏着古人的脚印，流连在满眼的自然风光之中，宁静、古老、朦胧、壮丽，令人沉醉。

二、英国农村

开车到巴斯，你会看到罗马浴场，而让我留下印象的是街边的艺术。

住进离巴斯十公里远的小村庄，斯坦顿普尔，现在只有两个工作农场，人口不到五十人。

我们住进了尼格尔（Nigel）家，这是一个鳏夫，据他讲，这个农场都是王室的资产，他每年支付王室三万英镑的租金，他住的房子有三百年历史。

让人感动的是，他从耕种的五百亩土地中，留出五十亩给蜜蜂和小鸟。他说他很喜欢当一个农民，收入一半来自我们这样的游客。村庄有自己的教堂，每半个月做一次礼拜，他的家人都埋在这里。村庄有自己的足球场和共同的活动场所。由于人口太少，学校已经搬离。这里住着的有一半是他的亲戚。尼格尔还养了一百多头牛。他的酒量也是棒棒的。

三、剑桥与牛津

或许是太过悠久，站在牛津大学中间，你会感觉似乎回到了中世纪的欧洲。相比之下，我更喜欢剑桥，或许是因为剑桥的康河（剑河）。康河南北走向，曲折前行，河上有许多桥梁，其中以数学桥、格蕾桥、叹息桥最为著名。这里没有围墙，没有校牌，大多数学院、研究所、图书馆和实验室都建在剑河两岸。

剑桥有三十一个学院，各个学院更像一个独立的社区，负责学生生活和社交之类的活动，而"系"在功能上负责教学和科研，是个读书学习的地方。其中，国王学院拥有最有标志性的永拜堂，还有最棒的唱诗班。

随着时光流逝，英国的衰落，世界最好的大学转向美国，但无论如何，这两所大学依然是世界排名前十的大学，她培养的人才改变了世界的格局，依然是我心目中的圣地。

四、伦敦

站在泰晤士河桥上放眼望去，看到的是打卡地人们最喜欢的大本钟和国会大厦。同时，也会想到历史上的大瘟疫、伦敦大火、二战的大轰炸。文学爱好者还会想起狄更斯、萨克雷、约翰逊和鲍斯韦尔这些作家笔下的伦敦。

伦敦的历史太长，从罗马时代开始，约两千年，也丰富、庞杂、琐碎。英国作家塞缪尔·约翰逊有句形容伦敦丰富程度的名言："如果你厌倦了伦敦，你就厌倦了人生。"法国作家马拉美在伦敦闻到整座城市飘散着烤牛肉的气味。美国作家亨利·詹姆斯形容伦敦的阳光是从云顶漏缝钻下来的。这里号称"万国之城",犹太人、爱尔兰人、非洲人、亚裔群体等构建了一个多种多样的成分混杂的存在。在伦敦最凄惨的贫困和破败,与流光溢彩的财富和繁荣并存,亘古不变又历久弥新。新的制度在保护旧的,王权依在;旧的守护新的,工业革命、资本主义、世界金融中心,新旧机制共为一体。伦敦的个性光芒得以穿越时空。

伦敦人把剧院视为精神家园,他们在那里安放对仪式感、暴力和冒险的嗜好。伦敦佬经久不衰的异装癖传统,源自诙谐模仿的平等化精神。这座城市即将被吞噬的人,即使是穷苦的可怜人,也能借助弥漫在伦敦的戏剧氛围,感受到命运的温柔、平等的幻象。伦敦人对戏剧以及戏剧化的生活保有持久的、无以名状的热情。

你可以把伦敦比作一个微缩的美国,这里有硅谷的科技、纽约的金融、洛杉矶的娱乐。

从 2012 年开始,伦敦就取代纽约成了"全球第一城",经济实力第一、文化旅游第一、研发第二,成为最值得创业和工作的城市,游客给伦敦打了五星好评。这里还是全球第一大离岸人民币交易中心,文化就不用讲了,这里有大英博物馆、现代美术馆、图书馆、剧院等。2018 年 GaWC 发布的城市评级报告,伦敦连续七次问鼎世界城市榜单。

五、西敏寺

创建于 960 年的西敏寺，位于伦敦泰晤士河北岸，是天主教的隐修院。

1050 年前后，英格兰国王"笃信者"爱德华对西敏寺进行扩建，作为自己的墓地。西敏寺柱廊恢宏凝重，拱门镂刻优美，屏饰装潢精致，玻璃色彩绚丽，双塔嵯峨高耸，基座建筑金碧辉煌又静谧肃穆。爱德华死后，没有王位继承人，表亲诺尔曼公爵威廉从法国打来，并在爱德华建造的这座教堂举行盛大的登基仪式。英国的王朝更换是国王绝嗣造成的，亲戚们争来争去，所以并不像中国的改朝换代，改天换地，女儿作为国王也是平常自然。自 1066 年威廉登上英国王位，从此，有四十位国王在此加冕。

西敏寺不只是王室的墓地，还有专门的诗人角，虽只在一隅，却是多位名诗人的埋骨之地，四周的石像，顶上的浮雕，脚下的地碑，让人不禁屏息敛气，驻足良久。乔叟、狄更斯、莎士比亚、华兹华斯、拜伦、雪莱、济慈、奥斯汀、勃朗特三姐妹、艾略特、哈代……碑接着碑，石像凝望着石像。诗人角并不限于诗人，还有小说家、散文家、戏剧家、批评家、作曲家，甚至神学家、政治家、科学家、医生、律师，更有各大战役的死难士兵纪念碑。瞻仰徘徊之间，时空和语言的阻隔消失殆尽，使我们千百年后仍有机会如相晤对。

神圣的王室教堂让王室名人和无名小兵一起受人瞻仰，而且无名战士墓是唯一一块不能被踩踏的禁地，这是怎样一种国家精神？

六、大英博物馆

博物馆是人类文化遗产的收藏所和展示地，像盏盏明灯照亮了生生不息的人类文明的轨迹。公元前3世纪亚历山大建立了世界上第一座博物馆，开启了西方世界建造博物馆的传统，在古代中国并没有这样的习惯。

大英博物馆拥有八百万件馆藏，数量之多，品类之丰富，足以串起整部世界史。其中，中国文物展出的有两万多件，走进展厅，是这样介绍的：中国人创造了世界上最博大和悠久的文明，这里展示的器物跨越了七千年的历史，涵盖了各个阶段的古董和艺术品，其中的石器、陶器、玉器、青铜器、漆器、瓷器、书画、壁画、经卷、雕刻、丝绸服饰都是文化史上的绝世珍宝。

由于历史跨度久远，我把目光主要盯在晚清馆。看到了中国人的麻将，大清万年一统天下全图，嘉庆皇帝的诏书

（用满汉两种文字书写），嘉庆帝的节日龙袍，慈禧太后的凤袍，太平天国洪秀全的字迹，康有为的行书书法，清朝的国旗，科举的试题，德国发行的慈禧头像银币，李鸿章的鼻烟壶，做针线活的顶针，厨师工作服，清朝出的银制品，特别是还有 1842 年《南京条约》的原本——让我穿越到了那个风云变幻的峥嵘岁月。

除了中国馆外，还看到了古埃及、古希腊、古罗马、古印度、印第安等文明，各种文明共同构筑起人类在地球上的历史。历史的宏大让人震撼！

七、英国的成绩单

1. "大宪章"的英国

在人类的演化史中，英国算是一个独特的样本。它在制度建设上，不像法国那样狂风暴雨，而是把传统的国王制度和资本主义改革组合起来，充分证明文明的变迁，不总是你死我活的，是可以在不断妥协中、调试中前行的。这很符合中国的中庸精神。当今世界，应当文明互鉴，任何走极端的行为，对全人类都是一种灾难。只要有公正的法律，法律就会保护每个人、每个组织的利益，只要有公平的规则，就会建立好的制度。

2. 英格兰银行

英格兰银行是世界上第一个央行，1694年成立，实际上是由商人、国王和议会三方共同搞起来的，成立的直接原因就是国王和政府借不到钱。国王为什么借不到钱？是因为国王的信用很差，权力太大，且权力不受约束，很容易赖账。英格兰银行成功的前提是成熟的议会制度和国家财政制度，国王不可以任意地征税和发行货币，这都是政府和全民都必须有的契约精神，也是王在法下的具体体现。

3. 海外发展的逆袭者

在全球化中，英国只是一个迟到者。西班牙和葡萄牙在开局时、就已占有面积巨大的殖民地并每年从殖民地运回数额巨大的黄金和白银。而英国的海外殖民地几乎为零。英国人在伊丽莎白一世时候，实施了一系列政策促进商业和航海业的发展，甚至设立了"全民食鱼日"，打造了英国航海业和海军。

稳定英镑。女王认为国家信用才是最长远的利益，在劣币驱逐良币的时代，英国政府收回成色不足的英镑，重新铸造，把成色加足。在欧洲几百年的向外发展史中，只有英镑保证了价值，充分体现了契约精神，保护了超一流的国家信用。

专利制度。外国工匠因为战争到英国避难，英国政府给外国高级工匠超常的专利保护，让外国工匠最后都留在英国，使英国工业升级得以实现。

民族禀赋、国家信用和制度环境成为英国海外发展的无形资产。

除此之外，英国建立打造了大三角贸易。例如，他们把甘蔗种植、运输、销售等环节统一考虑，形成了在制度引导下的大循环、大局观。这样就不必在乎起跑慢了，而且保证了在中段以后能够碾压对手。

4. 英国的特许状制度

特许状制度，是英国国王（政府）鼓励海外殖民的制度，国家不出钱，也不出人，如果你能生存下来，这块殖民地上你可以开发、经营、贸易，挣到的钱都是你的，而且还有垄断的权利。特许状从法律本质上说是对海外殖民利益的一种产权保护制度，它鼓励成千上万的英国人到海外去殖民，而没有后顾之忧。

而西班牙完全是政府搞的，普通人不许随便移民，全是国有企业。法国好一点，但由集权制统治，没有产权意识，法国人都不愿意搞长期的、艰苦的殖民开垦，只去当中间商。这是不是值得我们思考呢？

另外，英国对殖民地实行宽松的自治式管理，而不是像法国和西班牙那种集权式管理，所以英国人一开始就不是掠夺一把就走，而是准备长期扎根的。这是不是值得思考？笨功夫就是相信可以累积的时间力量。

5. 工业革命是一场系统革命

英国的工业革命,绝对不仅仅是一场技术革命,还是一场生产制度的革命,一场基础设施的革命,一场观念的革命,它是一个综合性的、名符其实的大系统工程。国家信用、制度建设、专利保护、金融体制多样性、打破垄断、权力平等,任何国家在规划发展时,都需要综合思考这些因素。

6. 英国的外交

英国外交的真正精髓,是务实主义,就是始终以国家利益为最高原则,因时势而动。外交的首要任务不是去解决问题,而是实现国家利益。英国第一次世界大战之前的外交大臣爱德华·格雷讲:永远不对遥远的未来作精确打算,永远根据情况找到当前的最佳路线,走一步看一步。这就是控制中的随机控制,充分承认偶然性和不确定性,因为遥远的未来你是算不准的,所以你不可能提前找到那个均衡点的精确位置。

世界是一个复杂系统,它们相互纠缠,此消彼长,你得最大限度地保持你自己的灵活性和选择自由。

再次强调:英国式外交的真正精髓就是超越具体目标,不断地找到一个最佳的均衡点。

金 句

关系纠缠与系统

世界的本质只不过是复杂系统的关系纠缠,主要体现在能量、信息的流通和结构的变化。

一个国家的兴亡和一个生命体一样,遵循同样的规律,有生就有死。

人永远存在于社会和大自然这个复杂系统之中,人本身就是一个复杂系统。

命运之所以无法掌控,只是因为命运本身就是个复杂系统,只要一个小小的变量,一切就可能面目全非。

爱情不过是两个人的关系纠缠,只要风吹草动,美好转眼成空。要保持长期的关系,必须有信仰的决心,无论如何也不放弃的胸怀。

社会科学中问题不少,物理学和数学解决不了社会科学问题。物理学太精准了，而社会科学另有特点。

我们之所以看不清世界的真相，只不过是不明白，世界是无数量级的、不同系统纠缠在一起，单个因素都不是决定性的原因。

如果历史学家把历史当成一个机械系统，那么必然会得出错误的结论，因为真相恰恰相反。

心理学和医学不过是对人自身系统形成机制的探索。

认知和偏见

人类的认知，往往在偏见和无知中固执己见。

人类的智慧受限于数学和自身的偏见。

不要迷信因果，人类社会都只是相关性关系。

平均人思维，是我们传统教育的弱点，当然也包括健康的标准，其实每个人都是独一无二的，医生和教师往往忘了这点。

人类的认知是建立在模型之上的，而模型往往是简化的世界。简化的世界有用，但作用有限。

世界的有序和无序不要简单套用"熵增"和"负熵"，它们并不是一回事。

真相被报道出来，往往都会失真，背后是立场、情绪、欲望的影响，当然还包括认知的局限。

要认清人类的问题，真的需要一个"他者"。人类中心主义让我们失去了客观的标准。

有时候，我们之所以看不到真相，是因为滞后效应，当后果发生后，一切都来不及了。

如果说谁掌握了绝对真理，那不是骗子就是无知。谦卑，只有谦卑才会让人类走得更远。

俄乌冲突只不过是俄国为自我生存而作的反击，结果却是对世界秩序的重新洗牌。

世界秩序的变化，只需要一根稻草，俄乌冲突就是这根稻草。

毁灭人类不可能只需要一天时间。

我们不要看不起昆虫，没有它们人类将不是今天的样子。

一升海水中的病毒数量比全人类的人口还多。

几千年的哲学不过是人类想给世界一个解释。

了解世界真相的路径可能不止科学这一种。

教育的成果不过是学生求生存的意志和社会系统许可达成一致。

我们烦恼只不过是因为看到的世界和预想的不同。

情绪只不过是自我保护的副产品。

国家和民族，只不过是人类想象的共同体，然后划分为

n个地盘。

地球资源有限的情况下,发达国家的目的是把自己永远安放在食物链的顶层。

朋友的两个层次:满足自己利益的需要和满足自己精神的需要。

人与人的关系是剥洋葱,你打开一层,我打开一层,关系就会走近,只不过大多数人是穿着铠甲,还想有亲密关系。

并不是所有科技进步都会带来财富增长,至少对大多数人来说不是。

法律存在的意义不只是要约束百姓,也要约束政府,秩序需要共同遵守。

哲学家的使命不是照着历史上的哲学家的思路去发展,而是要站在全人类集体智慧之上去思考,还要超越这个时代,成为未来人类的斥候。

(2022.5.13)